JAPAN

旅遊日語自由行

葉平亭／田中綾子＊著

田中綾子／張澤崇＊審訂

MP3

寂天雲 APP

如何下載 MP3 音檔

❶ 寂天雲 APP 聆聽：掃描書上 QR Code 下載「寂天雲－英日語學習隨身聽」APP。加入會員後，用 APP 內建掃描器再次掃描書上 QR Code，即可使用 APP 聆聽音檔。

❷ 官網下載音檔：請上「寂天閱讀網」（www.icosmos.com.tw），註冊會員／登入後，搜尋本書，進入本書頁面，點選「MP3 下載」下載音檔，存於電腦等其他播放器聆聽使用。

前言

　　「遊日本」熱到發燙！但是到日本旅行時，如果你一直習慣用英文做為溝通工具，你會發現溝通似乎不是很順暢，總是覺得玩得不夠盡興。

　　針對這樣的需求，《旅遊日語自由行》提供讀者最合適的旅遊日語會話。

　　在旅行時，需要交談的時間很短，會話內容或句子不需要太冗長，所以本書講求「口語化」及「實用性」，對答內容精簡，只要稍具日語基礎就可以朗朗上口，讀者不用花太多時間去背誦不易牢記的句子及文法。

　　另外，本書內容按照出國到回國的流程分為 6 個 PART、11 個 UNIT。「PART」內容包括入境、住宿、交通、觀光、美食、回國，以及可能碰到的麻煩等等。

　　每個 UNIT 內容則分成三部分：

1 會話練習

收錄各種情境最可能遇到的實況對話，讀者在學完這些對話後，對基本的狀況就可以應對自如。

 (搭乗券を見せて) 私の席はどこですか。

 15-E ですね。こちらの通路の左側です。

 ありがとう。

挑出最適合該情境的句型，讓讀者循著規則套入練習，以有韻律方式自然地將內容深刻留在腦海。

01 ～ても いいですか。

そちらの席に移ってもいいですか。　我可以移到那邊的位子嗎？

3 其他常用的說法

補充「會話練習」的不足，提供更多元豐富的句型練習，讀者可以針對自己的需求學習更多的說法。

1 Ⓐ すみません、そこは私の席だと思うんですが…。

Ⓑ え、本当ですか。ちょっと待ってください…、

これが私のチケットなんですが。

A：不好意思，那好像是我的位子……。
B：啊，真的嗎？請等一下……，這是我的機票。

　　只要按照本書所安排的流程學習旅遊日文，讀者就可以在出國旅行之前，針對出國可能會碰到的旅遊日文會話，先自己好好演練一番，如此一來便能有恃無恐地勇闖日本囉！

　　希望《旅遊日語自由行》精心編排的內容，可以讓您除了享受旅遊的樂趣，並可對答如流，應付各種可能發生的情況。

目次

附錄　基本用語

Part 1

到着／入国

抵達／入境

搭飛機流程

Step 1

チェックイン	荷物を預ける <ruby>荷<rt>に</rt></ruby><ruby>物<rt>もつ</rt></ruby>を<ruby>預<rt>あず</rt></ruby>ける	空港保安検査 <ruby>空<rt>くう</rt></ruby><ruby>港<rt>こう</rt></ruby><ruby>保<rt>ほ</rt></ruby><ruby>安<rt>あん</rt></ruby><ruby>検<rt>けん</rt></ruby><ruby>査<rt>さ</rt></ruby>	出国審査 <ruby>出<rt>しゅっ</rt></ruby><ruby>国<rt>こく</rt></ruby><ruby>審<rt>しん</rt></ruby><ruby>査<rt>さ</rt></ruby>	搭乗ゲートへ <ruby>搭<rt>とう</rt></ruby><ruby>乗<rt>じょう</rt></ruby>ゲートへ
報到	寄行李	安檢	出國審查	搭機

Step 2

到着 <ruby>到<rt>とう</rt></ruby><ruby>着<rt>ちゃく</rt></ruby>	入国審査 <ruby>入<rt>にゅう</rt></ruby><ruby>国<rt>こく</rt></ruby><ruby>審<rt>しん</rt></ruby><ruby>査<rt>さ</rt></ruby>	荷物受け取り <ruby>荷<rt>に</rt></ruby><ruby>物<rt>もつ</rt></ruby><ruby>受<rt>う</rt></ruby>け<ruby>取<rt>と</rt></ruby>り	市内へ <ruby>市<rt>し</rt></ruby><ruby>内<rt>ない</rt></ruby>へ
抵達	入境審查	取行李	往市區

　　流程中可能會被問到一些問題，屆時只要大方具實回答，同時適時地説「ありがとう」等等，可以讓大家在接觸時維持良好的互動。

　　另外，日本機場通往市區的交通非常便捷，以成田機場為例，旅客可以利用機場巴士、JR 線列車、京成線列車等等進入東京。如果您持有日本鐵路週遊券（Japan Rail Pass）之類的優惠票，可以搭乘JR的成田特快（Narita Express——<ruby>成<rt>なり</rt></ruby><ruby>田<rt>た</rt></ruby>エクスプレス），或是利用比較便宜的「快速電車」。除此之外，也可以乘坐票價比較便宜的京成電鐵（スカイライナー、アクセス<ruby>特<rt>とっ</rt></ruby><ruby>急<rt>きゅう</rt></ruby>）。

1-1 座席につく
座位

 A （搭乗券を見せて）私の席はどこですか。

 B 15-E ですね。こちらの通路の左側です。

 A ありがとう。

✻ ✻ ✻ ✻ ✻ ✻ ✻ ✻ ✻ ✻ ✻ ✻

 A （他の乗客に）すみません。席を替わっていただけませんか。
友達と離れてしまったんですが。

 はい、いいですよ。座席番号は何番ですか。

 A 15-E です。どうもすみません。

 いいえ。

Ⓐ （給空服員看登機證）我的位子在哪裡？

Ⓑ 15-E。請往那邊通道走，在左邊。

Ⓐ 謝謝。

Ⓐ （對其他的乘客）對不起，我可以跟您換位子嗎？
我跟我的朋友分開了。

可以啊。您的座位是幾號？

Ⓐ 15-E。不好意思。

沒關係。

句型

01 〜ても いいですか。

そちらの席に移ってもいいですか。	我可以移到那邊的位子嗎？
シートを倒してもいいですか。	我可以把座椅往後倒嗎？
席を替えてもいいですか。	我可以換位子嗎？

02 を〜て ください。

航空券を見せて＊ください。	請給我看機票。
パスポートを拝見＊させてください。	請讓我看您的護照。
もう一度言ってください。	請再說一次。

Note

＊「拝見させる」是「見せる」的敬語（謙讓語）。在海關，日方工作人員應該會使用
「拝見させる」的機率居多。

1 Ⓐ すみません、そこは私の席だと思うんですが…。
　 Ⓑ え、本当ですか。ちょっと待ってください…、
　　 これが私のチケットなんですが。

　　 A：不好意思，那好像是我的位子……。
　　 B：啊，真的嗎？請等一下……，這是我的機票。

2 Ⓐ 窓側の席に移ってもいいですか。
　 Ⓑ 申し訳ございません。ただ今満席なもので…。

　　 A：我可以換到靠窗的座位嗎？
　　 B：不好意思，目前座位都滿了。

3 荷物を棚に上げてもらえますか。　　可以請你幫我把行李放上架子上嗎？

4 荷物を棚から下ろしてもらえますか。　可以請你幫我把行李下下來嗎？

5 中国語のできるスタッフはいますか。　有沒有懂中文的工作人員？

6 Ⓐ あのサインは何ですか。
　 Ⓑ あれはシートベルト着用のサインです。

　　 A：那個亮燈是什麼？
　　 B：那是繫安全帶的信號。

7 Ⓐ すみません、ライトはどうやってつける／消すんですか。

Ⓑ このスイッチを押してください。

　A：請問，電燈怎麼開／關？

　B：請按這個按鈕。

8 シートを倒してもいいですか。（後ろの席の人に）

我可以把座椅往後倒嗎？（對座位後方的人說）

9 ブラインドを閉めていただけますか。（窓側の席の人に）

可以請你將遮光罩拉上嗎？（對窗邊的人說）

空服員用語

シートベルトをお締め
ください。

（空服員）請繫好安全帶。

10

お席にお戻り
ください。

（空服員）請回座。

11

座席を戻していただけ
ますか。

請您將座椅拉起來。

12

A 鶏肉か魚のどちらになさいますか。

 B えっ？何ですか。

 A ディナーは鶏肉か魚のどちらになさいますか。

 B 魚をお願いします。

 A かしこまりました、どうぞ。

* ⋯⋯ * ⋯⋯ * ⋯⋯ * ⋯⋯ * ⋯⋯ * ⋯⋯ * ⋯⋯ * ⋯⋯ * ⋯⋯ * ⋯⋯ *

 A お飲み物は何になさいますか。

 B オレンジジュースをください。

 A はい、すぐお持ちいたします。

 B ありがとう。

A 您要雞肉還是魚？
B 啊？什麼？
A 請問您的餐點要雞肉還是魚？
B 麻煩你給我魚肉。
A 好的，請用。

* * * * * * * *

A 請問您要喝什麼飲料？
B 請給我柳橙汁。
A 好的，我馬上拿給您。
B 謝謝。

句型 5

01 ～ をいただけますか／お願いします*

これをお願（ねが）いします。

請給我這個。

お水（みず）／ジュース／コーヒー／ビール／ワインをいただけますか。

請給我水／果汁／咖啡／啤酒／葡萄酒。

砂糖（さとう）とミルクをお願（ねが）いします。

請給我糖和奶精。

何（なに）か読（よ）み物（もの）をいただけますか。

可以給我些讀物嗎？

Note

* 「～をお願（ねが）いします」是一般的說法，而「～をいただけますか」則是比較客氣的說法。

1 トレイを<ruby>下<rt>さ</rt></ruby>げてください。　　　　請你把盤子收下去。

2 <ruby>食事<rt>しょくじ</rt></ruby>が<ruby>来<rt>き</rt></ruby>ても<ruby>起<rt>お</rt></ruby>こさないでください。　餐點來了，也請不要叫醒我。

3 まだ<ruby>食<rt>た</rt></ruby>べ<ruby>終<rt>お</rt></ruby>わっていません　　　　我還沒吃完。

4 さきほどお<ruby>願<rt>ねが</rt></ruby>いしたビールはまだですか。

剛才點的啤酒還沒好嗎？

5 <ruby>娘<rt>むすめ</rt></ruby>に<ruby>毛布<rt>もうふ</rt></ruby>／<ruby>枕<rt>まくら</rt></ruby>／おしぼりをください。

請給我女兒毯子／枕頭／濕毛巾。

6 これは<ruby>無料<rt>むりょう</rt></ruby>サービスですか。　　　這是免費的服務嗎？

7 トイレはどこですか。　　　　　　廁所在哪裡？

8 <ruby>何<rt>なに</rt></ruby>か<ruby>中国語<rt>ちゅうごくご</rt></ruby>の<ruby>雑誌<rt>ざっし</rt></ruby>／<ruby>新聞<rt>しんぶん</rt></ruby>はありますか。

有什麼中文雜誌／報紙嗎？

9 <ruby>寒<rt>さむ</rt></ruby>いので<ruby>毛布<rt>もうふ</rt></ruby>（ひざ<ruby>掛<rt>か</rt></ruby>け）をもう<ruby>一枚<rt>いちまい</rt></ruby>

ください。

有點冷請再給我一條毛毯（蓋膝毯）。

10 免税品の機内販売はありますか。

お酒を2本買いたいんですが。

機內有賣免稅商品嗎？我想買兩瓶酒。

11 どんな銘柄がありますか。

有什麼牌子的？

12 お酒／タバコは何本まで免税で持ち込めますか。

可以免稅攜帶幾瓶酒／幾支香菸？

13 トラベラーズチェック／アメリカドルが使えますか。

可以用旅行支票／美金支付嗎？

14 入国審査の用紙をください。

請給我入境申請卡。

15 書き間違えたのでもう一枚もらえますか。

我寫錯了，可以再給我一張好嗎？

16 Ａ ネットに接続することができますか。

Ｂ はい、できます。こちらのプランをご参照ください。

A：可以上網嗎？
B：可以的，請參考這邊的費率。

機内でのトラブル
機艙內問題

 會話 1

 すみません、音が聞こえないんですが。

 申し訳ございません。ただいま新しいものをお持ちします。

少々お待ちください。

 こちらを試していただけますか。

 はい、聞こえます。ありがとうござい

ました。

- Ⓐ 對不起，（這個）聽不到聲音。
- Ⓑ 非常抱歉，我馬上拿一個新的給您，請稍等。
- Ⓑ 請您試試看這個。
- Ⓐ 嗯，聽得到了。謝謝。

會話②

A すみません、飛行機酔いをしたみたいで、

気分が悪いんですが。

B 何かお薬をお持ちいたしましょうか。

A お願いします。あと、できれば横になりたいんですが。

B わかりました。空いてるお席を探しますので、

少々お待ちください。

Ⓐ 不好意思，我好像暈機了，我覺得不舒服。

Ⓑ 我拿一些藥給您好嗎？

Ⓐ 好，麻煩你。還有，如果可以的話我想躺下來。

Ⓑ 我知道了。我找一下空的座位，請稍等一下。

句型 9

01 　～　みたいなんですが…。

これ、使えないみたいなんですが…。　　　　　這個好像不能用。

イヤホンが壊れているみたいなんですが…。　耳機好像壞掉了。

友達が飛行機酔いをしたみたいなんですが…。我朋友好像暈機了。

02 どうやって　～　んですか。

どうやって使うんですか　　　　　　　　　這要如何操作？

どうやって音楽を聴くんですか。　　　　要怎麼樣才能聽音樂？

どうやってこのシートベルトを締めるんですか。
這安全帶要怎麼繫呢？

どうやってこのライトをつけるんですか。
這要如何打開這個燈？

旅遊小句 🎧 10

👹 物品相關問題

1 トイレ*はどこですか。
廁所在哪裡？

2 トイレがずっと使用中^{しようちゅう}なのですが…。　廁所一直在使用中…。

3 トイレが詰^つまっているようです。　廁所好像塞住了。

4 これが壊^{こわ}れているみたいです。　這個似乎壞了。

5 Ⓐ イヤホンが壊^{こわ}れているみたいなんですが、
　　取^とり替^かえてくれませんか。
　　Ⓑ すぐお持^もちします。

　　A：耳機好像壞掉了，可以幫我換一個嗎？
　　B：我馬上拿過來。

6 すみません、手伝^{てつだ}っていただけますか。
對不起，可以幫我一下忙嗎？

7 使^{つか}い方^{かた}を教^{おし}えてください。　請告訴我使用方法。

Note 　＊雖然機上的廁所一般標示為「化粧室^{けしょうしつ}」，但是一般口語會話中還常用「トイレ」。

8　Ⓐ映画を観たいんですが、どうやって使うんですか。

　Ⓑこのスイッチを押せば見ることができます。

　　A：我想要看電影，請問要怎麼使用？
　　B：按下這個按紐就可以看了。

9　（イヤホン）音が聞こえないんですが。　　（耳機）聽不到聲音耶！

10　（モニター）画面が見えないんですが。　　（螢幕）看不到畫面耶！

11　（ライト）つかないんですが。　　　　　　（燈）不會亮耶！

12　騒がしくて眠れません。静かにしてもらうよう伝え

　　てもらえますか。

　　太吵了，我睡不著。可以請對方安靜嗎？

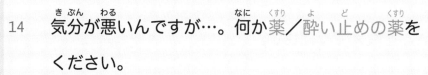 身體不舒服

13　吐き気がするんですが、エチケット袋を

　　いただけますか。

　　我想吐，請你給嘔吐袋好嗎？

14　気分が悪いんですが…。何か薬／酔い止めの薬を

　　ください。

　　我覺得不舒服，請你給我藥／暈機藥。

020

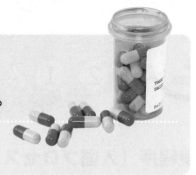

15 Ⓐ いま気分はいかがですか。

Ⓑ よくなってきました。ありがとう。

A：現在您覺得如何？
B：我感覺好些了，謝謝。

16 すみません、こちらの方／私の友達が気分が悪いようなん
ですが…。

對不起，這位／我的朋友身體好像不舒服……。

飛機上用語

エコノミークラス	ビジネスクラス	ファーストクラス
經濟艙	商務艙	頭等艙
救命胴衣	酸素マスク	乱気流
救生衣	氧氣罩	亂流
嘔吐する／吐く	飛行機酔い	耳鳴り
嘔吐	暈機	耳鳴
ベジタリアン	時差	
素食	時差	
機長	客室乗務員／CA	
機長	空服員	

Unit ② 入国審査／税関
入境審查／海關

2-1 入国プロセス
入境程序

入境程序（入国プロセス〔にゅうこく〕）

Step 01 > 到着〔とうちゃく〕

抵達。備妥文件，普通只要填寫「入国書類」〔にゅうこくしょるい〕即可。其他的「檢疫書類」、「動植物檢疫書類」、「稅　申告書類」等只有在必要時才需要準備。

Step 02 > 検疫〔けんえき〕

檢疫。飛機上如有分發檢疫所給的問卷，填好之後出關時向檢疫櫃台提出申請。從台灣出發的話，機上通常不會發，但是如果你是從疫區到日本，可能就必須要填。

Step 03 > 入国審査〔にゅうこくしんさ〕

入境審查。持非日本護照者，到外國人的入境審查櫃台，出示護照、入境申請表及機票，接受審查。這時候查驗人員也許會問您一些問題，像是旅行目的、住宿地方等等。

＊ 2007 年 11 月 20 日起，到日本的外國人必須捺指紋及照大頭照。

Step
04 > 手荷物の受け取り
    てにもつ　　う　と

領取行李。依電子公告欄所顯示的飛機班次，在行李轉盤上尋找自己的行李，確認行李提領證號碼無誤後，提領行李。搬運行李時，可就近利用身旁的行李推車（免費）。

Step
05 > 植物・動物検疫
    しょくぶつ　どうぶつけんえき

植物、動物檢疫。如果你有攜帶動、植物，就必須填寫「動植物檢疫書類」，在入境審查和提領行李手續完成後，必須到關稅申報處前的動植物檢疫櫃台接受檢查。

Step
06 > 税関検査
    ぜいかんけんさ

關稅檢查。請準備護照，如果你攜帶的物品超過免稅範圍，或有另外寄送物品的人，要提出「携帯品・別送品申告書」（攜帶品，另外寄送品申報書）。未超過免稅範圍者在「綠色檢驗台（免稅）」接受檢查，而超過免稅範圍者或不知道自己有無超過免稅範圍的，則在「紅色檢驗台（課稅）」接受檢查。稅金在關稅檢查場內的銀行繳納。

Step
07 > 到着ロビー
    とうちゃくぐち

入境大廳。在此可兌換貨幣（「両替」）；找快遞服務（「宅配サービス」）
　　　　　　　　　　　　　　　りょうがえ　　　　　　　　　　　　たくはい
寄送大型行李；轉乘 JR、機場接駁巴士等等聯外交通工具；尋求、旅客服務中心（「インフォメーション」）等。

入出境登記表（入国審査用紙）

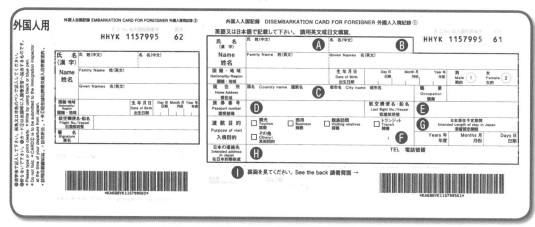

A 氏：中文姓氏。

B 名：中文名字。

C 現住所：台灣居住地址。這一欄也可以用中文寫喔！

D 旅券番号：你的護照號碼。請檢查是否跟護照相同。

E 航空機便名‧船名：航班號碼。在你的登機證存根上可以找到。

F 渡航目的：赴日目的。請填上「Sightseeing」或是「觀光」即可。

G 日本滞在予定期間：預定在日本停留時間。

H 日本の連絡先：在日本的居住地點。千萬別光寫個「Local Hotel」（當地旅館），

　　　　如果你不知道詳細地址，可寫一個在當地確實存在的飯店名稱。

I 裏面を見てください：請看背面。(有兩個內容要寫)

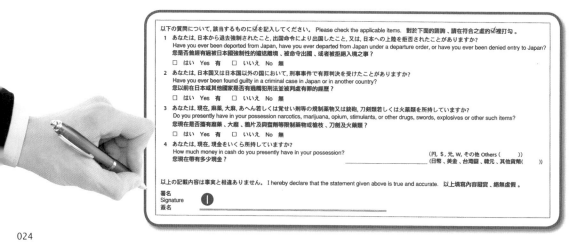

海關申報表（税関申告書）
ぜいかんしんこくしょ

Unit
②
入國審查／税関

2-1 入國プロセス

Ⓐ 同行家人

Ⓑ 是否攜帶下列物品：

1 禁止或限制攜帶入境物品　2 超過免税範圍的購買商品、伴手禮、贈答品

3 商業貨物、商品樣品　4 他人托帶物品

Ⓒ 持有超過相當於一百萬日幣的現金或有價證券。

Ⓓ （入境時未攜帶入境，而以郵寄等方式寄送的行李）寄送品。

Ⓔ 入境時攜帶物品，請填入表內。（Ａ面的１及３均勾選「いいえ」(沒有)選項者不必填寫）。

入国審査
入境審査

會話 ①

A 旅行の目的は何ですか。

B 観光です。

A どのくらい滞在しますか。

B 15日まで滞在するつもりです。

A 滞在先はどこですか。

B ヒルトンホテルに泊まる予定です。

A はい、けっこうです。

B ありがとうございました。

A 請問您旅行的目的是什麼？
B 觀光旅行。
A 您預計停留多久？
B 預計停留到15日。
A 您要住哪裡？
B 住在希爾頓飯店。
A 好，可以了。
B 謝謝你。

 A 人差し指をスキャナーに乗せて

くださいだ。

 B これでいいですか。

 A はい。あの〜、申し訳ございませんが、

顔を前に向けてください。

 B はい。

A はい。けっこうです。

A 請將食指放在掃描機上。

B 這樣可以嗎？

A 可以。不好意思，請將臉朝前方。

B 好的。

A 好了。

01 〜 来ました。

仕事／観光で来ました。　　　　　　　　　　　來工作／觀光。

研究／調査／会議のために来ました。　　　　為研究／調查／開會而來。

友人に会いに来ました。　　　　　　　　　　來找朋友。

02 〜 予定（つもり）ですか。

どのくらい滞在する予定ですか。　　　　　　請問預定停留多久？

どこに泊まる予定ですか。　　　　　　　　　請問預定要住哪裡？

いつ帰国する予定ですか。　　　　　　　　　請問預定何時回國？

旅遊小句 🎧 15

1 入国審査*はどこですか。　　　　　請問入境審查處在哪裡？
　　にゅうこくしん さ

2 どのカウンターへ行けばいいんですか。
　　　　　　　　　　　　い
我應該到哪個櫃台去？

3 Ⓐ訪問の目的は何ですか。
　　ほうもん　もくてき　なん
　　Ⓑ仕事／旅行／留学／研究のためです。
　　 しごと　りょこう　りゅうがく　けんきゅう

　　A：您訪問的目的是什麼？
　　B：我是因商務／旅行／留學／研究到此地來的。

4 Ⓐあなたの友人は何をしているんですか。
　　　　　　　　ゆうじん　なに
　　Ⓑ京都大学の学生です。
　　きょう と だいがく　がくせい

　　A：您的朋友是做什麼的？
　　B：他是京都大學的學生。

5 舞台美術を学びに来ました。
　　ぶ たい び じゅつ　まな　き
我來學舞台美術的。

6 Ⓐ日本にはどれくらい滞在しますか。
　　に ほん　　　　　　　たいざい
　　Ⓑ3週間／1か月ぐらいです。
　　しゅうかん　げつ

　　A：您打算在日本停留多久？
　　B：三個星期／一個月左右。

Note
*入境審查櫃檯分為「日本人・再入国」及「外国人」等。
　　　　　　　　　に ほんじん　さいにゅうこく　　　がいこくじん

7　Ⓐ 団体旅行（だんたいりょこう）ですか。個人旅行（こじんりょこう）ですか。

　　Ⓑ ツアー／個人（こじん）です。

　　A：您是跟團還是自由行？
　　B：我是跟團來／自由行。

8　Ⓐ 誰（だれ）と来（き）ましたか。

　　Ⓑ 家族（かぞく）と／友達（ともだち）と／一人（ひとり）で来（き）ました。

　　A：您是跟誰來的呢？
　　B：跟家人／朋友來的／我一個人來的。

9　Ⓐ 所持金（しょじきん）はどのくらいですか。

　　Ⓑ1 約（やく）7万円（まんえん）持（も）っています。

　　Ⓑ2 トラベラーズチェックで7万円（まんえん）と、現金（げんきん）3万円（まんえん）持（も）っています。

　　A：您身上帶著多少錢？
　　B1：旅行支票七萬日幣，還有現金三萬日幣。
　　B2：大約七萬塊日幣左右。

10　Ⓐ 帰（かえ）りの航空券（こうくうけん）を持（も）っていますか。

　　Ⓑ1 はい、持（も）っています。これです

　　Ⓑ2 いいえ、持（も）っていません。帰（かえ）りの便（びん）はまだ予約（よやく）していません。

　　A：您有回程機票嗎？
　　B1：是，我有。
　　B2：沒有，我還沒訂好回去的飛機。

11 Ⓐ 証明_{しょうめい}するものを何_{なに}か持_もっていますか。

Ⓑ はい、これです。

A：您有沒有什麼證件？

B：有的，這個。

12 Ⓐ 滞在先_{たいざいさき}はどちらですか。

Ⓑ 友人_{ゆうじん}の家_{いえ}に泊_とまります。

Ⓐ お友_{とも}だちの住所_{じゅうしょ}はわかりますか。

Ⓑ はい。この住所_{じゅうしょ}です。

（千代田区神田_{ちよだくかんだ} 3-8-4）。

A：您要住哪裡？

B：住在朋友家裡。

A：您知道您朋友的住址嗎？

B：知道，在千代田區神田 3-8-4。

私の荷物が見つからないんです。 16

 預り証はありますか。

 はい、これです。

 お調べいたしますので、少々お待ちください。

 お待たせいたしました。こちらですか。

 はい、それです。ありがとう。

Ⓐ 我的行李不見了。

Ⓑ 您有保管證嗎？

Ⓐ 有的，這就是。

Ⓑ 我查一下，請稍等。

Ⓑ 讓您久等了，是這個嗎？

Ⓐ 是的，就是那個。謝謝。

句型 🎧 17

01 ～んですが…。

私の荷物が見つからないんですが。 我找不到我的行李。

私の荷物が出てこないんですが。 我的行李沒有送出來。

荷物がひとつしか出てこないんですが。 我只拿到一件行李。

荷物が壊れているんですが。 我的行李破損了。

02 ～てもらえますか。

その費用を航空会社に負担してもらえますか。

這個費用航空公司可以負擔嗎？

見つからない場合はどうしてもらえますか。 如果找不到怎麼辦？

苦情はどこで聞いてもらえますか。 哪裡可以讓我申訴？

旅遊小句 🎧18

1 Ⓐ すみません、手荷物受取所はどこですか。
　Ⓑ 突き当たりを左に曲がると手荷物受取所が見えます。

　　A：請問，行李轉台在哪裡？
　　B：走到底左轉，就可以看到行李轉台。

2 ノースウエスト航空 703 便の荷物はどこですか。

　　西北航空 703 號班機的行李在哪裡？

3 Ⓐ 私のスーツケースがまだ出てきません。
　Ⓑ 手荷物引換証*を見せてください。

　　A：我的行李還沒有出來。
　　B：請給我看您的行李牌。

4 このバッグは私のではありません。
　これが引換証です。調べてもらえますか。

　　這個手提包不是我的。這是行李牌，可以幫我查一下嗎？

5 Ⓐ バッグがなくなってしまったんですが…。
　Ⓑ では、フライトナンバーをお願いします。

　　A：我的手提包不見了……。
　　B：您的航班號碼是？

6
Ⓐ 荷物を探していただけますか。

Ⓑ どんな荷物ですか。

Ⓐ グリーンのバッグで、名札が付いています。

A：請幫我找行李好嗎？

B：是什麼樣的行李？

A：是綠色的提包，上面有我的名牌。

7
荷物が見つかったら、ヒルトンホテルに送ってください。

找到我的行李的話請送到希爾頓飯店。

8
すみません。荷物が壊れているんですが。

不好意思，我的行李破損了。

9
この費用は航空会社に負担してもらえますか。

這個費用航空公司可以負擔嗎？

10
見つからない場合はどうしてもらえますか。

如果找不到怎麼辦？

11
バッグが傷ついているんですが、

苦情はどこで聞いてもらえますか。

我的背包有傷痕，哪裡可以讓我申訴？

Note
＊托運行李時，航空公司貼在行李上的行李標籤則是「手荷物タグ」；

交給乘客保管的才是「手荷物引換証」。

2-4 税関
海關

 會話 ①

 パスポートと申告書を見せてください。 🎧19

 はい、どうぞ。

 スーツケースを開けてください。

 はい。

 これは何ですか。

 ビタミンです。

 はい、けっこうです。

 ありがとうございます。

Ⓐ 請將護照及申報表交給我看。
Ⓑ 好的。
Ⓐ 請將行李打開。
Ⓑ 好。
Ⓐ 這是什麼？
Ⓑ 是維他命。
Ⓐ 好了，可以了。
Ⓑ 謝謝。

會話 ②

 これは何^{なん}ですか。

 友達^{ともだち}へのお土産^{みやげ}です。

 これは課税対象^{か ぜいたいしょう}となります。

 えっ？じゃ、どうすればいいですか。

 税関^{ぜいかん}カウンターで手続^{て つづ}きを行^{おこ}なってください。

 分^わかりました。

Ⓐ 這是什麼？	Ⓑ 啊！那麼要怎麼做？
Ⓑ 這是給我朋友的伴手禮。	Ⓐ 請到報稅窗口辦理手續。
Ⓐ 這個須要課稅。	Ⓑ 我知道了。

會話 ③

 他^{ほか}に荷物^{に もつ}がありますか。

 いいえ、ありません。

 この錠剤^{じょうざい}は何^{なん}ですか。

 ぜんそく／心臓^{しんぞう}／糖尿^{とうにょう}の薬^{くすり}です。

Ⓐ 有其他的行李嗎？	Ⓐ 這個錠劑是什麼？
Ⓑ 不，沒有。	Ⓑ 那是氣喘／心臟／糖尿病用藥。

句型

01 ～ は何ですか。

これは何(なん)ですか。　　　　　　　這是什麼？

この錠剤(じょうざい)は何(なん)ですか。　　　　　這個錠劑是什麼？

この粉(こな)は何(なん)ですか。　　　　　　這個粉末是什麼？

02 ～ を持っています。

タバコやお酒類(さけるい)を持(も)っていますか。　　有帶菸酒之類的嗎？

果物(くだもの)か野菜(やさい)を持(も)っていますか。　　有帶蔬果嗎？

申告(しんこく)すべきものを持(も)っていますか。　　有帶需要申報的東西嗎？

旅遊小句 23

1　Ⓐ 何_{なに}か申告_{しんこく}するものはありますか。

　　Ⓑ₁ いいえ、ありません。

　　Ⓑ₂ はい、あります。

　　A：有沒有什麼東西要申報？
　　B1：沒有。
　　B2：有。

2　税関_{ぜいかん}はどこですか。　　　　　　　海關在哪裡？

3　すみません、申告_{しんこく}するものがあるんですが。

　　對不起，我有東西要申報。

4　Ⓐ タバコかお酒_{さけ}を持_もっていますか。

　　Ⓑ₁ タバコを 1 カートン持_もっています。

　　Ⓑ₂ 台湾_{たいわん}ビールを 2 本_{ほん}持_もっています。

　　A：你有沒有帶香菸或酒？
　　B1：我帶了一條香菸。
　　B2：我帶了兩瓶台灣啤酒。

5　これは私_{わたし}が個人_{こじん}で使_{つか}うためのものです。

　　這是我個人自己要用的東西。

6　これは私_{わたし}の身_みの回_{まわ}り品_{ひん}です。　　　這是我的個人隨身物品。

Unit
2

入国審査／税関

2-4　税関

7　それは友人<ruby>友人<rt>ゆうじん</rt></ruby>たちへのプレゼントです。　那些是要送給朋友的禮物。

8
Ⓐ <ruby>果物<rt>くだもの</rt></ruby>か<ruby>野菜<rt>やさい</rt></ruby>を<ruby>持<rt>も</rt></ruby>っていますか。

Ⓑ いいえ、<ruby>持<rt>も</rt></ruby>っていません。

A：請問您有帶水果或蔬菜嗎？
B：我沒帶。

禁止攜入物品

<ruby>麻薬<rt>ま やく</rt></ruby>
毒品

<ruby>銃砲<rt>じゅうほう</rt></ruby>
槍砲

<ruby>火薬類<rt>か やくるい</rt></ruby>
火藥類

<ruby>偽<rt>にせ</rt></ruby>ブランド<ruby>商品<rt>しょうひん</rt></ruby>
仿冒品

<ruby>贋金<rt>にせがね</rt></ruby>
假鈔

<ruby>児童<rt>じ どう</rt></ruby>ポルノ
兒童色情物品

過海關用語

とうじょうぐち
搭乗口／ゲート
登機門

たいざい き かん
滞在期間
停留時間

にゅうこくしんせいしょ
入国申請書
入境申請書

ぜいかんしんこくしょ
税関申告書
海關申報單

ぜいかん
税関
海關

つうかん
通関
通關

し もん
指紋
指紋

かおじゃしん
顔写真
大頭照

さいしゅ
採取
採集（指紋）

Unit 3 空港から市内へ
機場到市區

3-1 観光案内所で
在觀光服務處

 會話 1

 A すみません、ここではホテルの予約_{よやく}ができますか。 (25)

B はい、できます。

 A 上野公園_{うえのこうえん}に近_{ちか}くて、あまり高_{たか}くない旅館_{りょかん}を

紹介_{しょうかい}してもらえますか。

B いくらぐらいの旅館_{りょかん}がよろしいですか。

 A 1泊_{ぱく}7千円_{せんえん}ぐらいの旅館_{りょかん}はありますか。

 B じゃ、この青山旅館_{あおやまりょかん}はどうですか。

 A はい、そこにします。

Ⓐ 對不起，請問這裡可以訂飯店嗎？
Ⓑ 可以啊。
Ⓐ 請你介紹上野公園附近、不會太貴的旅館好嗎？
Ⓑ 大概什麼價位的旅館呢？
Ⓐ 有沒有一晚七千塊日幣左右的旅館？
Ⓑ 那麼，這間青山旅館怎麼樣？
Ⓐ 嗯，就訂那裡。

會話 ②

 A　こんにちは、観光パンフレットをもらえますか。 🎧26

 B　はい、どうぞ。

 A　これから、浅草の雷門に行きたいんですが、

　　どう行ったらいいですか。

 B　浅草線で行けます。

 A　わかりました。ありがとうございました。

 B　もし時間があるようでしたら、観光船でも行けますよ。

 A　それは楽しそうですね。どこから乗れますか。

 B　日の出から乗れます。

 A　ありがとうございました。

 B　よい一日をお過ごしください！

A 你好，可以給我觀光手冊嗎？
B 好的，請。
A 我等一下想要去淺草雷門，請問要怎麼去？
B 坐淺草線就可以到了。
A 我知道了，謝謝。
B 如果您有時間的話，坐觀光船之類的也可以到哦！
A 好像很好玩的樣子，那要到哪裡坐呢？
B 你可以到「日出」站乘坐。
A 謝謝你。
B 祝您有美好的一天。

Part
1

Unit
3

空港から市内へ

3-1 観光案内所で

句型 🎧27

01　〜 に近い／〜 から遠い ｝〜のほうがいいんですが…。

駅に近いホテルのほうがいいんですが。
我想要近車站的飯店。

遊園地に近いホテルのほうがいいんですが。
我想要近遊樂園的飯店。

エレベーターから遠い部屋のほうがいいんですが。
我想要離電梯遠的房間。

旅遊小句

1 かんこうあんないじょ
観光案内所はどこですか。
請問觀光服務處在哪兒？

2 りょこうだいりてん　しょうかい
旅行代理店を紹介していただけますか。
可以介紹旅行社給我嗎？

3 しないちず
市内地図をいただけますか。
可以給我市區地圖嗎？

4 ちゅうおうこうえん　　い
すみません、中央公園へはどうやって行くんですか。
請問中央公園怎麼去？

 飯店

5 こんばん　　　　　　　　よやく
今晩のホテルを予約したいんですが。 我想要預約今天晚上的飯店。

6 か　　　　　よやく
代わりに予約していただけますか。
能不能請你替我訂飯店？

7 えき　ちか　　　　　　　　しない
駅に近いホテル／市内のぎやかなところに
と
泊まりたいんですが。
我想住車站附近的飯店／市區繁華的地方。

8 たか
あまり高くないホテルのほうがいいんですが。
我想訂價位不會太高的飯店。

| 9 | そのホテルは銀座の近くですか。 | 那個飯店在銀座附近嗎？ |

交通

| 10 | 市内へ行くバスはありますか。
有沒有到市區的巴士？ |

| 11 | 市内へのバス乗場はどこですか。
請問往市區的巴士乘車處在哪裡？ |

| 12 | どこでタクシーを拾えますか。
在哪兒能叫得到計程車？ |

| 13 | ヒルトンホテルまでは、タクシーで行くと
いくらぐらいですか。
到希爾頓飯店，搭計程車大約多少錢？ |

| 14 | 京都ホテルへ行く電車はどこで乗れますか。
請問到京都飯店的電車，要在哪裡坐？ |

| 15 | どの電車が晴海へ行きますか。 | 請問，哪一班巴士有到晴海？ |

| 16 | 切符はどこで買えますか。 | 請問哪裡可以買得到車票？ |

| 17 | 京都駅まで行くには、どれが一番安いですか。
去京都車站，哪一種（交通工具）最便宜？ |

18 Ⓐ 奈良への急行電車はありますか。

Ⓑ ええ、20分ごとに出ています。

A：有到奈良的快車嗎？
B：有，每二十分鐘一班。

19 Ⓐ すみません、大阪城へ行きたいんですが、バスで行け

ますか。

Ⓑ はい、行けますよ。

A：不好意思，我想到大阪城，請問巴士可以到嗎？
B：是的，可以。

20 バス路線図や時刻表をいただけますか。

可以給我公車路線圖或是時刻表嗎？

21 金閣寺、清水寺、嵐山の三ヶ所へ行きたいんですが、

どの順番で行くのがおすすめですか。

我想去金閣寺、清水寺、嵐山３個地方，
您推薦順序怎麼走？

3-2

両替
兌換

 A ここで両替_{りょうがえ}してもらえますか。

ここで両替してもらえますか。 ◀ 29 ▶

 B はい、できます。

 A では、これを日本円に替えてください。

 B はい。ではこちらの用紙に記入してください。

 A これでいいですか。

 B はい、それでけっこうです。お札の種類は、どのように

なさいますか。

 A 5千円札6枚、千円札7枚、残りは100円硬貨＊にして

ください。

 B はい、かしこまりました。

A 這裡可以兌換嗎？	**A** 這樣可以嗎？
B 可以的。	**B** 這樣就可以了。請問您要怎麼換？
A 那麼，我要將這個換成日幣。	**A** 請你給我六張五千塊、七張一千塊，
B 好的，請您填寫這張表格。	其餘的請你給我一百塊的硬幣。
	B 好的，我知道了。

 Note ＊日本的貨幣單位是日圓。硬幣分為 1、5、10、50、100 和 500 等六種面額。紙幣的種類有 1,000、2,000、5,000 和 10,000 等四種面額。

句型 🎧30

01 ～ を ～ に～。

この 1 万円札(まんえんさつ)を千円札(せんえんさつ) 10 枚(まい)にしてほしいんです。

請你將這一萬塊換成十張一千塊的紙紗。

この 50 ドルの小切手(こぎって)を現金(げんきん)にしてください。

請您把這張五十塊美元支票兌換成現金。

このトラベラーズチェック*を現金(げんきん)に替(か)えてください。

請您把這張旅行支票兌換為現金。

Note　*也稱為「旅行小切手(りょうこうこぎって)」。

02 一回の ～ につき、～～。

一回(いっかい)の両替(りょうがえ)につき、手数料(てすうりょう)が 500 円(えん)かかります。

每次兌換，要花 500 元日幣的手續費。

一回(いっかい)の交換(こうかん)につき、300 円頂(えんいただ)きます。　每次兌換，要 300 元日幣。

一回(いっかい)の再発行(さいはっこう)につき、手数料(てすうりょう)はいくらかかりますか。

每次補發，手續費要多少錢？

一回(いっかい)の申請(しんせい)につき、1000 円頂戴(えんちょうだい)いたします。

每次申請，收您 1000 元日幣。

 旅遊小句 🎧 31

🦉 換現金

1
りょうがえじょ
両替所はどこですか。
兌換處在哪兒？

2
りょうがえ
どこで両替できますか。
哪裡可以換錢？

3
りょうがえ
両替していただけますか。
請你幫我換錢好嗎？

4
きょう　かわせ
今日の為替レートはいくらですか。
今天的匯率是多少？

5
にほんえん
日本円だといくらになりますか。
能換成多少日幣？

6
まんえんさつ
この1万円札をくずしていただけますか。
請你幫我把一萬元找開好嗎？

7
こぜに　すこ　ほ
小銭も少し欲しいんです。
我也要一些零錢。

8
まんえんさつ　せんえんさつ　まい
この1万円札を千円札10枚にしてほしいんです。
請你將這一萬塊換成十張一千塊的紙紗。

9
こぜに
小銭をまぜてください。
請給我一些零錢。

10 Ⓐ 銀行は何時に開きますか。

Ⓑ 窓口は 9 時からです。ATM コーナーは 24 時間開い

ています。

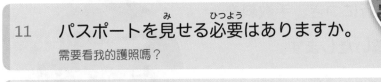

A：銀行幾點開門？
B：臨櫃是 9 點，ATM 則是 24 小時。

11 パスポートを見せる必要はありますか。
需要看我的護照嗎？

12 ホテルの両替所は何時まで開いていますか。
飯店裡的兌換處營業到幾點？

13 このトラベラーズチェックを現金にしてください。
請您把這張旅行支票兌換成現金。

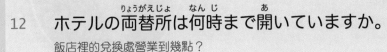 旅行支票

14 US ドルの小切手は扱っていますか。
你們這裡收不收美金支票？

15 トラベラーズチェックを紛失してしまいました。

どこにもありません。
我把旅行支票弄丟了，到處都找不到。

16 再発行していただけますか。　　　　　能不能請您再補發？
<ruby>再発行<rt>さいはっこう</rt></ruby>

17 台湾銀行のトラベラーズチェックです。
<ruby>台湾銀行<rt>たいわんぎんこう</rt></ruby>

那是台灣銀行的旅行支票。

18 Ⓐ 手数料はいくらですか。
<ruby>手数料<rt>て すうりょう</rt></ruby>

Ⓑ 一回の再発行につき、手数料を
<ruby>一回<rt>いっかい</rt></ruby> <ruby>再発行<rt>さいはっこう</rt></ruby> <ruby>手数料<rt>て すうりょう</rt></ruby>

500 円頂戴いたします。
<ruby>円頂戴<rt>えんちょうだい</rt></ruby>

A：手續費多少錢？

B：每次補發，收您 500 日幣的手續費。

㉜ 貨幣用語

硬貨／小銭
<ruby>硬貨<rt>こうか</rt></ruby>／<ruby>小銭<rt>こぜに</rt></ruby>

硬幣／零錢

紙幣／お札
<ruby>紙幣<rt>しへい</rt></ruby>／<ruby>札<rt>さつ</rt></ruby>

紙幣／紙鈔

まんえん
1万円
一萬元

せんえん
5千円
五千元

せんえん
千円
一千元

えん
500円
五百元

えん
100円
一百元

えん
50円
五十元

えん
10円
十元

えん
5円
五元

えん
1円
一元

3-3 乗り継ぎ
轉機

 A　すみません、北海道行きの乗り継ぎはどこですか。 🎧33

 B　ここは第1ターミナルなので、

第2ターミナルへ行ってください。

 A　第2ターミナルはどこですか。

 B　ここを出たら、

シャトルバスで第2ターミナルへ移動できますよ。

 A　無料ですか。

 B　はい、無料です。

Ⓐ 不好意思，請問在哪裡轉機到北海道？

Ⓑ 這裡是第1航廈，請到第2航廈。

Ⓐ 第2航廈在哪？

Ⓑ 出了這裡，可以利用機場巴士到第2航廈。

Ⓐ 免費嗎？

Ⓑ 是的，免費。

054

句型 🎧34

01　〜 ばいいですか。

こくないせん の つ
国内線の乗り継ぎはどこへ行けばいいですか。

國內轉機要往哪走？

の つ ま あ
乗り継ぎが間に合わなかったらどうすればいいですか。

轉機來不及的話要怎麼辦？

こま だれ き
困ったとき、誰に聞けばいいですか。

有問題時，要問誰？

1　第2ターミナルはどこですか。
請問第二航廈在哪裡？

2　国内線はこのターミナルですか。
國內線是在這個航廈嗎？

3　すみません、国内線の乗り換えはどこへ行けばいいですか。
對不起，請問國內線轉機要往哪邊？

4　国内線の乗り継ぎカウンターはどこですか。
國內線在哪裡轉乘？

5　フライトは定刻通りですか。　　　　　班機準時（起飛）嗎？

6　搭乗ゲートは何番ですか。　　　　　登機門幾號？

7　25番ゲートはどこですか。
25號登機門怎麼走？

36 超級關鍵字

ターミナル
航廈

フライト・便
航班

到着ロビー（とうちゃく）
入境大廳

ラウンジ＊
候機室

待合室（まちあいしつ）
休息室

パーサー
座艙長

ロビー
大廳

サイン
標示

立ち寄り（た　よ）
中途停留

見失う（み　うしな）
錯過

従う（したが）
順著……；沿著………

最終案内（さいしゅうあんない）
最後廣播

Unit 3 空港から市内へ 3-3 乗り継ぎ

Note ＊所謂「ラウンジ」（候機室）是航空公司專為商務人士及貴賓準備的休息室，而「待合室」（休息室）是指一般的房間。不論「ラウンジ」或「待合室」，許多都是獨立的房間，有門隔間，而「ロビー」（大廳）一般只有擺放一些座椅供人休息。

Unit
4 ···· **ホテル**（飯店）

Part 2

宿泊
住宿

在日本，除了有一般飯店之外，還有具有特色的「旅館」（日式旅館）、「民宿／ペンション」（民宿）、「リゾートホテル」（渡假村式飯店）等等。

日式旅館與西式飯店不同，日式旅館的客房中白天是看不到寢具的，晚飯後服務生會從壁櫥中將寢具取出，鋪在塌塌米上。用餐時旅館服務生會將餐點送來，膳食費用包括在旅館費中。必須注意的是，和式的旅館有的浴室是共用的，但男女分開。進入公共浴室之前，應在休息室寬衣，將浴衣和內衣放在籃子或箱子裡，進入浴池之前，先用肥皂將身體洗乾淨，大浴池只供浸浴。

另外「民宿」、「ペンション」均是民宿，但是「民宿」的房間或餐飲多半是以和式為主；「ペンション」的則是以西式為主。

如果想從飯店直撥國際電話的話，方式如下：
從日本打回台灣（台北）：001 ＋ 886 ＋ 2 ＋ 5365- ✕ ✕ ✕ ✕
從台灣打到日本（東京）：002 ＋ 81 ＋ 3 ＋ 3286- ✕ ✕ ✕ ✕
在日本各地撥 0051，可以打對方付費和信用卡付費電話等特殊服務的電話。

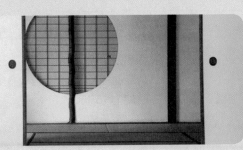

④-❶ ホテルの予約
訂房

 會話 ①

 A 第一（だいいち）ホテルでございます。 37

 B 予約（よやく）をお願（ねが）いします。

 A いつのお泊（とま）りですか。

 B 15日（にち）の月曜日（げつようび）から17日（にち）の水曜日（すいようび）まで3泊（ぱく）したいんです。

大人（おとな）2人（ふたり）です。

 A かしこまりました。ダブルですか、ツインですか。

 B ダブルをお願（ねが）いします。部屋代（へやだい）は税込（ぜいこ）みでいくらですか。

 A 1泊（ぱく）15,750円（えん）でございます。

 B 前金（まえきん）は必要（ひつよう）ですか。

 A 不要（ふよう）でございます。

Ⓐ 第一飯店，您好。

Ⓑ 我想要訂房間。

Ⓐ 您要訂什麼時候？

Ⓑ 我要訂15日禮拜一到17日禮拜三，三個晚上。

Ⓐ 好的，請問雙人房您要一大床的還是兩張床的？

Ⓑ 一大床的雙人房。請問含稅多少錢？

Ⓐ 一個晚上15,750塊日幣。

Ⓑ 要付訂金嗎？

Ⓐ 不用。

會話 ②

 A ヒルトンホテルでございます。

 B 予約の確認をお願いします。

 A かしこまりました。お名前をお願いします。

 B 台湾からの David Hung です。10 月 25 日の予約です。

 A かしこまりました。少々お待ちください。……

はい、確かに承っております。

Ⓐ 希爾頓飯店，您好。

Ⓑ 我要確認訂房。

Ⓐ 好的，請問您貴姓大名？

Ⓑ 我是從台灣打電話過來的洪大偉，我是訂 10 月 25 日。

Ⓐ 好的，請您稍等一下。……我們的確有您的預約。

ツイン

シングル

ダブル

句型 🎧39

01 お（ご）〜 する／いたす。

予約担当におつなぎいたします。　　　我幫您轉訂房服務人員。
（よ やくたんとう）

ツインベッドの部屋をお取りしています。
（へ や）（と）
已為您保留了一間雙床房。

お調べいたしますので、
（しら）
少々お待ちください。
（しょうしょう）（ま）
我去查一下，請您稍等。

02 お（ご）〜 できる。

ツインの部屋をご用意できます。　　　可以為您準備雙床房。
（へ や）（ よう い）

来週の月曜日ならご予約できます。　　下禮拜一的話，可以接受您訂房。
（らいしゅう）（ げつよう び）（ よ やく）

緑の景色を見ながらお食事できます。　可以一邊眺望綠意一邊吃飯。
（みどり）（け しき）（み）（ しょくじ）

旅遊小句

預約

1　今日、泊まれますか。
きょう　と
今天（有沒有房間）可以住？

2　今日から３泊できる部屋を予約したいんですが。
きょう　　　ぱく　　　　へや　よやく
我想要預約從今天開始三個晚上的房間。

3　今晩、泊まる部屋はありますか。　　　今晚有空房間嗎？
こんばん　と　　へや

4　10月2日に4人泊まりたいんですが。
がつ　か　　にんと
我們在十月二日有四個人要住。

5　シングル／ダブル／ツインの部屋はありますか。
へや
有沒有單人房／雙人房（一張大床）／雙人房（兩張床）？

6　シャワー付き／お風呂付きの部屋にしてください。
つ　　ふろつ　　へや
我要一個有淋浴／浴室的房間。

7　できれば10階以下に泊まりたいんですが。
かいいか　と
可能的話，我想住在十樓以下的房間。

8　朝食付き／素泊まりですか。
ちょうしょくつ　すど
請問有包含早餐嗎？／不含早晚餐嗎？

9 1泊7千円以下の部屋／海に面した部屋がいいんですが。

我要一天七千日幣以下的房間／面海的房間。

10 もっと安い部屋／禁煙ルームはありませんか。

有沒有更便宜的房間／非吸菸房？

11 その料金は宿泊料のみですか。

那個費用只是住宿費嗎？

12 Ⓐ 予約金／前金は必要ですか。

Ⓑ いいえ、前金などは不要でございます。

A：要訂金嗎？

B：不，不需要訂金等費用。

13 Ⓐ エキストラベッドはありますか。

Ⓑ 5400円でご用意が可能です。

A：可以加床嗎？

B：可以的，需要5400日幣。

14 Ⓐ お部屋は何名で泊まれますか。

Ⓑ 1室最大4人様までご利用いただけます。

A：房間可以住幾個人？

B：一間最多可住4人。

15 Ⓐ 子どもと添い寝はできますか。

Ⓑ はい、できます。小学生以下は無料です。

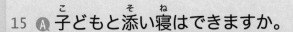

A：小孩可以同房一起睡嗎？
B：可以的，小學生以下免費。

 確認訂房

16　今夜 10 時半ごろホテルに着きます。　我今天晚上十點半會抵達飯店。

17　予約のとおりにお願いします。　請按照訂房保留那個房間。

18　予約は取り消さないでください。　請不要取消我的訂房。

19　予約を取り消していただきたいんですが。

我想要取消訂房。

20 Ⓐ チェックインは何時からですか。

Ⓑ 午後 3 時からです。

A：請問辦理住房是從幾點開始？
B：下午 3 點。

4-2 チェックイン
辦住房登記手續

 A チェックインをお願いします。David Hung です 41

 B ご予約なさっていますか。

 A ええ。これが予約確認書です。

 B はい、かしこまりました。少々お待ちください…。

はい、確かに承っております。

こちらのフォームにご記入をお願いいたします。

❋ ❋ ❋ ❋ ❋ ❋ ❋ ❋ ❋ ❋

 B お部屋の番号は 1136 になります。こちらは鍵と朝食券です。

 A 朝食は何時からですか。

 B 朝 6 時から 10 時までです。

地下 1 階のレストランをご利用ください。

Ⓐ 我是洪大偉，我要辦住房手續。

Ⓑ 您有預約嗎？

Ⓐ 有。這是預約單。

Ⓑ 好的，請稍等。……有的，確實有您的預約，請您填寫這個表單。

Ⓑ 您的房間是 1136 號房，這是鑰匙以及早餐券。

Ⓐ 早餐是幾點？

Ⓑ 從早上 6 點到 10 點。在地下 1 樓餐廳，敬請多加利用。

句型 🎧 42

01　～て　あります。

予約してあります。　　　　　　　　房間已訂妥。

ダブルの部屋を予約してあります。　　雙人房訂好了。

予約金も払ってあります。　　　　　　已付了訂金。

02　～するまで～

チェックインするまで、荷物を預かっていただけますか。

辦理住房之前，可以讓我寄放行李嗎？

ホテルに到着するまで、お待ちいただけますか。

可以等到我抵達飯店嗎？

チェックアウトするまで、鍵は自分で持っていてください。

辦理退房之前，鑰匙請自行保管。

旅遊小句 🎧 43

😊 有訂房

1 ダブルの部屋を予約してあります。 　　我訂了一間雙人床的房間。

2 今、チェックインできますか。 　　現在可以辦理住房手續嗎？

3 Ⓐチェックアウトは何時までですか。

Ⓑ午前 11 時までとなっております。

A：退房時間是幾點之前？
B：上午 11 點之前。

4 チェックイン前に荷物を預かっていただけますか。

在我辦理住房手續之前，可以幫忙保管行李嗎？

5 台北／空港／ネットで予約しました。 　　我是在台北／機場／網路訂的房間。

6 空港から電話した者ですが。 　　我是從機場打電話給您的（人）。

7 確かに予約してあります。これが確認書です。

我真的有預約，這就是確認書。

8 予約金も払ってあります。 　　我已經付訂金了。

9 Ⓐ 申し訳ございませんが、ご予約を 承 っていないようですが。

Ⓑ 確かに予約しましたけど、もう一度確認していただけ

ませんか。

A：不好意思，似乎沒有您的訂房記錄。
B：我確實有預約，請您再確認。

🦉 櫃枱用語

10 今、係りの者がお部屋までご案内いたします。
工作人員將會帶您到您的房間。

11 外出の際は、鍵をフロントにお預けください。
您要外出時，請將鑰匙寄放櫃檯。

12 朝食は当ホテル１階のレストランをご利用ください。
早餐請利用本飯店一樓餐廳。

13 何かご要望がございましたら、フロントに
お申し付けください。
您有什麼需求，敬請連絡櫃檯。

14 チェックアウトは 11 時までにお願いいたします。
退房請在 11 點之前。

15 料金は前払いとなっております。
費用是先付。

滞在先で
在櫃檯的詢問

 會話 ①

 2115号室ですが。ルームサービスをお願いします。

 かしこまりました。ご希望をどうぞ。

 ベーコンと目玉焼きを2人前、コーヒーを2杯ください。

 はい、かしこまりました。

 時間はどのくらいかかりますか。

 ご注文は20分ほどでお持ち致します。

 よろしくお願いします。

Ⓐ 我這裡是 2115 號房。我要客房服務。

Ⓑ 好的,您請說。

Ⓐ 我要培根和荷包蛋兩人份,以及兩杯咖啡。

Ⓑ 好的。

Ⓐ 大概要多久呢?

Ⓑ 您點的餐點大概會在 20 分鐘後送到。

Ⓐ 麻煩你。

 2115号室ですが、私あてに伝言はきていませんか。

 では、お名前をお願いします。

 David Hung です。

 はい、少々お待ちください。……申し訳ありません、

ご伝言はございません。

 ありがとうございました。

Ⓐ 我是 2115 號房，請問有我的留言嗎？

Ⓑ 請問您的大名是？

Ⓐ 洪大偉。

Ⓑ 好的，請稍等。……不好意思，沒有您的留言。

Ⓐ 謝謝。

01 〜 をお願いできますか。

ルームサービスをお願_{ねが}いできますか。　　　我需要客房服務。

クリーニングサービスをお願_{ねが}いできますか。
我需要清洗衣物服務。

明日_{あした}の6時_じにモーニングコールをお願_{ねが}いできますか。
明天早上，請6點叫我起床。

これから外出_{がいしゅつ}しますので、部屋_{へや}の掃除_{そうじ}をお願_{ねが}いできますか。
我等一下要外出，可以請你們打掃房間嗎？

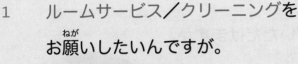

旅遊小句

1 ルームサービス／クリーニングを
お願(ねが)いしたいんですが。

我想要客房服務／送洗衣服。

---

2 Ⓐ 料金(りょうきん)は今払(いまはら)うんですか。

Ⓑ チェックアウト時(じ)にお支払(しはらい)いただきます。

A：費用現在付嗎？
B：在退房時收取。

---

3 明日朝(あしたあさ)7時(じ)にモーニングコールをお願(ねが)いできますか。

明天早上七點鐘請叫醒我好嗎？

---

4 洗濯物(せんたくもの)を出(だ)したいのですが。　　　我想要送洗衣物。

---

5 明日必要(あしたひつよう)なのですが、いつ仕上(しあ)がりますか。

我明天就要用到，請問什麼時候會好？

---

6 ワイシャツはたたんでおいてください。

襯衫請幫我折好。

---

7 毛布(もうふ)をもう一枚(いちまい)いただけますか。

能不能再給我一條毛毯？

---

8 私(わたし)に伝言(でんごん)はありませんか。　　　有沒有我的留言？

9　5154号室の阪本さんに伝言をお願いできますか。

我可以留言給 5154 號房的阪本先生嗎？

10　この郵便物を出していただけますか。

請您幫我把這個信件寄出去好嗎？

11　バーは 24 時間営業ですか。

酒吧是通宵營業嗎？

12　カフェは何時に開きますか。

咖啡廳幾點開始營業？

13　あそこでは軽い食事がとれますか。

那裡有簡單的餐點可以吃嗎？

14　貴重品／鍵を預かってもらえますか。

可以幫我保管一下貴重物品／鑰匙嗎？

15　Ⓐ WiFi のパスワードを教えていただけますか。

　　Ⓑ ロビーはパスワードなしで接続できます。

A：請告訴我 WiFi 的密碼。
B：在大廳不用密碼就可以連接。

16　携帯の充電器はありますか。　　　　有手機充電器嗎？

17　ツアーの手配をお願いできますか。　　可以幫我安排旅遊團嗎？

18 Ⓐ 宅急便を送りますので、ホテルで預かっ

てもらえますか。

Ⓑ はい。宿泊者名（フルネーム）と

チェックイン日をお書き添えの上、

ホテル気付でお送りください

A：可以寄宅急便過去，請飯店收下後保管嗎？
B：可以的。寄送時，請填寫住宿者名（全名）以及住房日，
　　同時標註『○○ホテル　フロント気付』即可。

Unit
④

ホテル

4-3
滞在先で

---

19 近くにお薦めのおすし屋／レストランは

ありますか。

附近有沒有推薦的壽司店／餐廳？

---

20 ここからタクシーで後楽園／六義園まではいくらですか。

從這裡坐計程車到後樂園／六義園要多少錢？

A こちらは 326 号室ですが、エアコンの調子が悪い

ようです。

 B どのような状態ですか。

 A 暖房が利かなくて、部屋がとても寒いんです。

 B 大変申し訳ございません。すぐ修理の者に行かせます。

 A よろしくお願いします。

Ⓐ 這裡是 326 號房。空調好像有點有問題。

Ⓑ 是怎麼樣的情況呢？

Ⓐ 完全都沒有暖氣，房間冷死了。

Ⓑ 非常抱歉。我們現在馬上派修理人員過去。

Ⓐ 謝謝。

句型 🎧 49

01 〜 ていただけますか。

別の部屋に替えていただけますか。　　　可以幫我換到別的房間嗎？

新しいタオルを持ってきていただけますか。

可以拿新的毛巾來嗎？

誰かに見にきていただけますか。　　　麻煩派人來（處理）好嗎？

02 〜 まま 〜

髪の毛か浴槽に付いたままなんです。　　　浴盆邊上，還黏著頭髮。

ホテルにカメラを忘れたまま出てしまったんですが。

我把相機忘在飯店，就出去了。

荷物を預けたまま戻ってきませんでした。

行李一直寄放著，沒回來拿。

1 リモコン／電気ポット／ヘアドライヤーが
壊れているみたいなんです。
遙控器／熱水壺／吹風機好像壞了。

2 トイレが詰まってしまいました。
廁所塞住了。

3 トイレの水が止まらないんです。
廁所的水一直流個不停。

4 バスタブの栓がうまく閉まりません。
浴缸的塞子塞不住。

5 シャワーのお湯がぬるいんですが。
淋浴的水溫溫的（不夠熱）。

6 どうやって調節すればいいんですか。
要怎麼調呢？

7 お湯が出ないんです。
沒有熱水。

8 浴室の電気／テレビがつかないんです。
洗澡間的電燈不會亮／電視不能看。

9 ドアの鍵^{かぎ}がかからないみたいです。

門好像鎖不上。

10 部屋^{へや}にタオル／スリッパがありません。

房間裡沒有毛巾／拖鞋。

11 洗濯物^{せんたくもの}がまだ届^{とど}きません。

我送洗的衣服還沒有回來。

12 隣^{となり}の部屋^{へや}／エレベータがすごく騒^{さわ}がしいんです。

隔壁房／電梯很吵鬧。

13 部屋^{へや}がタバコ臭^{くさ}いんです。 房間裡有菸味。

14 部屋^{へや}に鍵^{かぎ}を忘^{わす}れたままロックしてしまったん

ですが。

我把鑰匙忘在房裡後，被關外面了。

4-5 チェックアウト
退房

 Ⓐ チェックアウトをお願いします。506号室です。 ◀ 51 ▶

 Ⓑ はい、少々お待ちください。

* * * * * * * * * * * * * * * *

 Ⓑ こちらが精算書です。全部で 27,300 円になります。

 Ⓐ えっ、26,000 円ではありませんか。

 Ⓑ いいえ、税込みで 27,300 円になります。

 Ⓐ あっ、すみません、間違いないようです。

 Ⓑ お支払いはどのようになさいますか。

 Ⓐ カード*でお願いします。

 Ⓑ はい、かしこまりました。

Ⓐ 我要退房。506 號房。
Ⓑ 好的,請稍等。

Ⓑ 這是帳單,一共是 27,300 塊日幣。
Ⓐ 啊,不是 26,000 嗎?

Ⓑ 不是的,含稅一共是 27,300 塊日幣。
Ⓐ 啊,對不起。沒有錯。
Ⓑ 請問您要怎麼付?
Ⓐ 我要用信用卡付。
Ⓑ 好的。

 Note * 「クレジットカード」的略稱。常見的有「ビザカード(Visa)」「マスターカド(Master)」「JCB カード(JCB)」等。

01 ～ だけで結構です。

サインだけで結構（けっこう）です。

簽名即可。

お名前（なまえ）とパスポート番号（ばんごう）だけで結構（けっこう）です。

姓名及護照號碼即可。

こちらの用紙（ようし）に記入（きにゅう）するだけで結構（けっこう）です。

請填這張表單即可。

1 ここにサインするんですか。　在這裡簽名嗎？

2 Ⓐ誰か荷物を運んでくれませんか。
Ⓑ はい、すぐ参ります。

A：麻煩誰幫我拿行李好嗎？
B：好的馬上過去。

3 Ⓐ これは何の料金ですか。
Ⓑ ミニバーの料金です。

A：這是什麼費用？
B：是小冰箱裡的費用。

4 予定より一日早く発ちます。　我要提前一天走。

5 有料テレビ／国際電話は使っていませんよ。
我沒有看付費頻道／打國際電話。

6 部屋に忘れ物をしました。　我把東西忘在房間裡了。

7 タクシーを呼んでいただけますか。　請你幫我叫計程車好嗎？

8 チェックアウトの後に荷物を預かっていただけますか。
退房後，可以寄放行李嗎？

9　タクシーを呼^よんでもらえますか。

可以幫我叫計程車嗎？

10　空港^{くうこう}行^ゆきのバス／リムジンバスは
どこで待^まてばいいですか。

到機場的巴士／利木津巴士，要在哪裡等呢？

 櫃枱用語

11　タクシーがお待^まちしております。
お荷物^{にもつ}は車^{くるま}に積^つみ込^こんでございますので、
ご確認^{かくにん}ください。

計程車已經在等候您。行李已放上車，請您確認。

12　またのご来館^{らいかん}をお待^まち申^{もう}し上^あげて
おります。

歡迎您下次再度光臨。

旅館での宿泊
飯店的預約

 **會話 ①**

 あの、すみません。温泉へはどうやって行けばいいん

ですか？　54

 はい、こちらの旅館には三つ温泉がございますが…

 露天風呂がある大浴場へ行きたいんです。

 「天上の湯」でございますね。こちらの階段で右に進んで

でいきますと、突き当りが温泉となっております。

 ありがとうございます。三つも温泉があるんですね。

 はい、1階と地下にもそれぞれ趣向を凝らした温泉が

ございますので、ぜひお試しください。

Ⓐ 請問溫泉要怎麼去？

Ⓑ 旅館內有三大溫泉，您要去的是？

Ⓐ 有露天池的大浴場。

Ⓑ 啊，是「天上湯」。請您從這邊階梯往右走，到底就是了。

Ⓐ 謝謝。旅館有三處溫泉？

Ⓑ 是的。一樓及地下各有不同風情的溫泉。請您多加利用。

會話②

 A すみません、あの、夕食の場所は1階だと聞いたん

ですが…

 55

 B 夕食会場ですね。台湾からの団体の

お客様でいらっしゃいますか？

 A はい、そうです。

 B 夕食は1階「松の間」でございます。

フロント横の廊下をまっすぐ行って、右側でございます。

 A そうですか。ありがとうございます。

B 同じグループの他のお客様は、もうお食事を始めていらっ

しゃいます。どうぞごゆっくりお召し上がりください。

Ⓐ 不好意思，請問晚餐是在1樓嗎？

Ⓑ 晚餐的會場，是吧？您是台灣來的團體客嗎？

Ⓐ 是的。

Ⓑ 晚餐在1樓的「松之間」。從櫃檯邊的走廊直走，
在右邊。

Ⓐ 這樣啊。謝謝。

Ⓑ 同團的其他客人已經開始用餐了，請您慢慢享用。

句型 ◂ 56 ▸

01 〜 あとで〜

夕食（ゆうしょく）のあとで、部屋（へや）に布団（ふとん）を敷（し）いてもらいます。

晚飯後，請人在房間裡舖棉被。

食事（しょくじ）をしたあとで、露天風呂（ろてんぶろ）へ行（い）きませんか。

用餐後，要不要去泡露天溫泉？

仲居（なかい）さん＊に温泉（おんせん）の時間（じかん）を確認（かくにん）したあとで、花火（はなび）を見（み）に出（で）かけましょう。

跟服務人員確認過溫泉開放的時間後，再出去看煙火吧！

ここは寒（さむ）いので、明日（あした）のスケジュールは旅館（りょかん）に戻（もど）ったあとで話（はな）します。

這裡很冷，我們回旅館後再談明天的行程。

Note ＊「仲居（なかい）」也可以稱之為「女中（じょちゅう）」。但是「女中（じょちゅう）」的稱呼原來是指女傭，帶有歧視意味。

086

旅遊小句 57

1　温泉は何時まで入れますか。　　　溫泉泡到幾點？
<small>おんせん　なんじ　　　はい</small>

2　こちらの売店は朝何時から開いていますか。
<small>ばいてん　あさなんじ　　　あ</small>
商店幾點開始？

3　荷物を台湾へ送ることはできますか。　行李可以直接寄回台灣嗎？
<small>に もつ　たいわん　おく</small>

4　温泉へ行くには、部屋のタオルを持っていけばいいんですか。
<small>おんせん　い　　　　　　へ や　　　　　　　　　　も</small>
去泡溫泉時，帶房間的毛巾去就可以嗎？

5　子ども用のスリッパ／浴衣はありますか。
<small>こ　　よう　　　　　　　　　　ゆ かた</small>
有小朋友的拖鞋／浴衣嗎？

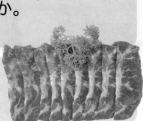

6　こちらの水道水は飲めますか。
<small>すいどうすい　　の</small>
這裡的自來水可以喝嗎？

7　お部屋にお冷をいれたポットを用意していただけますか。
<small>へ や　　　ひや　　　　　　　　　　　ようい</small>
可以幫我在房間準備裝冷水的水壺嗎？

8　精進料理／ベジタリアン料理はありますか。
<small>しょうじんりょう り　　　　　　　　　　りょう り</small>
有精進料理／素食餐點嗎？

9　この料理は牛肉を使っていますか。
<small>りょう り　ぎゅうにく　つか</small>
這道料理有使用牛肉嗎？

| 10 | ご飯とお味噌汁はおかわり自由ですか。
飯及味噌湯是無限供應嗎？ |  |

| 11 | ここは WiFi が使えますか。 | 這裡可以用 WiFi 嗎？ |

| 12 | 出発まで、スーツケースを預かっていただけますか。
出發之前可以幫我保管行李嗎？ |

| 13 | お預けしていた紙袋を取りに来ました。
我來拿寄放的紙袋。 |

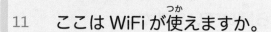

58 住宿關鍵字

芸者
藝妓

三味線
日本三弦琴

笛
笛子

鼓
鼓

唄
日本三弦琴伴奏的歌謠曲

お酌
宴會上斟酒

女将
おかみ
老闆娘；女店主

支配人
しはいにん
（旅館）經理

番頭
ばんとう
（旅館）老闆

板前
いたまえ
（專做日本料理的）廚師

一泊二食
いっぱく に しょく
住宿一晚附二餐

素泊まり
す ど
只住宿不在旅館用餐

宴会場
えんかいじょう
旅館用餐處

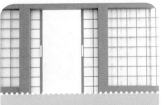

障子を破く
しょう じ やぶ
弄破紙門

襖を開ける
ふすま あ
打開（日式）拉門

布団を汚す
ふ とん よご
弄髒棉被

ホテル
Unit 4
4-6 旅館での宿泊

Unit 5 国内交通（國內交通）

Part 3

交通
交通

長途交通

在日本長途旅行可以利用以下交通工具：

國內航空：機票可以先在網路預訂、請各大旅行
社代辦，或直接與航空公司聯絡。

列車：日本有針對外國人發行日本鐵路優惠券，
如 JR 的「ジャパンレールパス」（日本
鐵路周遊券）等等，可多加利用。

其他還有汽船和客輪、長程巴士、出租汽車等
等選擇，可針對個人需求分別利用。由於日本是左
側行駛，旅程若是在大城市，並不建議自己租車，
但是在人不多的城市，倒是不錯的選擇。

市區交通

日本各城市市區都有便利的鐵路網、電車網，
以及公車輔助，若是嫌換車麻煩，也可以搭乘計
程車。日本的計程車很安全，但是費用略高（約
600 ～ 700 日幣起跳，每個城市略有不同），可以
提供更多的個人服務。

Unit 5 国内交通
國內交通

5-1 バス
巴士

59

公車內

 A すみません、このバスは哲学の道まで行きますか。

 B はい、行きます。

バスに乗る

 A 先払いですか。後払いですか。

 B 後払いです。220円です。

 A 細かいお金がないんですが。

 B こちらの両替機をご利用ください。

 A 哲学の道へ行くには、どこで降りたらいいですか。

 B 銀閣寺です。

 A 時間はどのくらいかかりますか。

B 20分くらいです。

A 請問這班車有到「哲學之道」嗎？

B 有的。

（搭公車）

A 上車付還是下車付？

B 下車付。220日幣。

A 我沒有零錢。

B 您可以利用這邊的換零錢機。

A 到「哲學之道」的話，要在哪下車？

B 銀閣寺。

A 要多久？

B 約20分鐘。

足元にご注意ください

句型 🎧 60

01 ～でも 行けます

バスでも行けます。　　　　　　　　　　　巴士也可以到。

歩いても行けます。　　　　　　　　　　　走路也可以到。

地下鉄でも行けます。　　　　　　　　　　地下鐵也可以到。

時間があるようでしたら、船でも行けますよ。

如果有時間的話，搭船也可以到。

02 ～ 行き

旭山行きのバスは運行しておりません。　往旭山的巴士，沒有行駛。

ジブリ美術館行きのバス停はどこですか。

往吉卜力美術館的公車站在哪？

梅田行きのバスはもうないです。　　　　往梅田的巴士已經沒有了。

この電車はどこ行きですか。　　　　　　這班電車是往哪裡的？

旅遊小句 🎧 61

公車

1　このバスは皇居前広場に停まりますか。
これ<ruby>皇居前広場<rt>こうきょまえひろば</rt></ruby>に<ruby>停<rt>と</rt></ruby>まりますか。
這班公車有在皇宮前廣場停嗎？

2　<ruby>日比谷公園<rt>ひびやこうえん</rt></ruby>の<ruby>近<rt>ちか</rt></ruby>くへ<ruby>行<rt>い</rt></ruby>くには、どのバスに<ruby>乗<rt>の</rt></ruby>ったらいい
ですか。
要去日比谷公園附近，要搭哪一班車？

3　9<ruby>番<rt>ばん</rt></ruby>のバスはどのくらいの<ruby>間隔<rt>かんかく</rt></ruby>で<ruby>出<rt>で</rt></ruby>ていますか。
9路公車隔多少時間發車？

4　<ruby>浅草<rt>あさくさ</rt></ruby>へ<ruby>行<rt>い</rt></ruby>くバスはどこで<ruby>乗<rt>の</rt></ruby>るんですか。
到淺草的公車在哪裡搭乘？

5　<ruby>奈良公園<rt>ならこうえん</rt></ruby>は<ruby>何駅目<rt>なんえきめ</rt></ruby>ですか。　　　　奈良公園是第幾站？

6　<ruby>東町<rt>ひがしちょう</rt></ruby>に<ruby>着<rt>つ</rt></ruby>いたら<ruby>教<rt>おし</rt></ruby>えていただけ
ますか*。
到東町的時候請告訴我一聲好嗎？

 *一般公車上均有下車按紐，上面顯示
「<ruby>お降<rt>お</rt></ruby>りの<ruby>方<rt>かた</rt></ruby>はこのボタンを<ruby>押<rt>お</rt></ruby>して
ください」（要下車的乘客，請按此
按紐）。

長距離巴士

7　先にチケットを買うんですか。
さき　　　　　　　　　か
要先買票嗎？

8　次のバスはいつ出発しますか。
つぎ　　　　　　　しゅっぱつ
下一班巴士什麼時候發車？

9　Ａ 料金は車内で払うんですか。
りょうきん　しゃない　はら

　Ｂ ええ、そうです。

　　Ａ：車費車上付嗎？
　　Ｂ：是的。

10　奈良へ行くバスは、ここで待てばいいんですか。
なら　い　　　　　　　　　ま
去奈良的巴士在這裡等就可以了嗎？

11　千葉へ行く直行バスはありますか。
ちば　い　ちょっこう
有到千葉的直達巴士嗎？

12　天理へ行くには乗り換えなければなりませんか。
てんり　い　　　の　か
到天理一定要換車嗎？

5-2 タクシー
計程車

  青山駅までお願いします。急いでください。

電車が2時に出るんです。

 大丈夫ですよ、十分間に合いますから。

- -

 駅の前で降ろしてください。

 はい、1,350円です。

 領収証をください。

 はい、こちらです。

 ありがとうございました。

Ⓐ 請到青山站。請你快一點，電車兩點發車。
Ⓑ 放心，一定來得及。

Ⓐ 請在車站前讓我下車。
Ⓑ 好的，1,350塊日幣。
Ⓐ 請你給我收據。
Ⓑ 好的，這是收據。
Ⓐ 謝謝。

句型 🎧 63

01 ～を～ に曲がってください。

次の信号を左に曲がってください。
<small>つぎ しんごう ひだり ま</small>

下個紅綠燈左轉。

3つ目の角を右に曲がってください。
<small>め かど みぎ ま</small>

第 3 個轉角右轉。

2丁目の交差点を左に曲がってください。
<small>ちょう め こう さ てん ひだり ま</small>

2 丁目的十字路口左轉。

突き当りを右に曲がってください。
<small>つ あた みぎ ま</small>

到底後轉彎。

旅遊小句

計程車

1　Ⓐ タクシー乗り場はどこですか。
　　Ⓑ その出口を出てすぐのところです。

> A：計程車招呼站在哪裡？
> B：那個出口出去就是。

2　タクシーはどこで拾えますか。
　　在哪裡可以叫得到計程車呢？

3　これは私の荷物です。
　　這是我的行李。

4　荷物を運んでもらえますか。
　　請你幫我搬行李好嗎？

5　荷物をトランクに入れてください。
　　請將我的行李放到後車廂裡。

6　広島駅まで行くにはいくらぐらいかかりますか。
　　到廣島車站大概要多少錢？

7　京都駅までは、どのくらい時間がかかりますか。
　　到京都車站大概要多久的時間？

8　この住所／第一ホテルまで行ってください。
　じゅうしょ　　だいいち　　　　　　　　　　い
我要到這個地址／第一飯店。

9　第一ホテルの前で降ろしてください。
　だいいち　　　　　　まえ　　お
請在第一飯店前讓我下車。

10　ここで止めてください。
　　　　　と
請在這裡停車。

11　ここで２、３分待っていてもらえませんか。
　　　　　　　ぶん　ま
請你在這裡等二、三分鐘好嗎？

12　小銭がないんですが。　　　　　　　　我沒有零錢。
　こ　ぜに

13　ありがとうございました。お釣りはとっておいてください。
　　　　　　　　　　　　　　　　つ
謝謝你，不用找錢了。

14　お釣りが間違っているんですが。
　　つ　　まちが
錢找錯了。

15　窓をあけてもいいですか。
　まど
我可以開窗戶嗎？

地下鉄／鉄道
地鐵／鐵路

會話 ①

電車

A 次の原爆ドーム行きの電車は何時ですか。
65

B 8時42分です。

A じゃ、原爆ドーム駅まで大人2枚と子ども1枚ください。

B はい、1,650円になります。

A ありがとうございます。時間はどのくらいかかりますか。

B 25分くらいです。

Ⓐ 下一班往原爆廣場的車是幾點？

Ⓑ 8點42分。

Ⓐ 那，到原爆廣場大人2張，小孩1張。

Ⓑ 好的。1,650塊日幣。

Ⓐ 謝謝。大概要花多久的時間。

Ⓑ 大概25分鐘左右。

會話 ②

新幹線

A 東京_{とうきょう}まで行_いきたいんですが。

B 名古屋_{なごや}から東京_{とうきょう}までの新幹線_{しんかんせん}ですね、指定席_{していせき}をお取_とりし

ますか。

A はい、朝_{あさ}10時_じごろ出発_{しゅっぱつ}で、窓側_{まどがわ}の席_{せき}をお願_{ねが}いします。

B 9時_じ41分_{ぷん}ののぞみ116号_{ごう}の窓側_{まどがわ}でお取_とりしますが、

よろしいですか。

A はい、お願_{ねが}いします。

B はい、こちらは乗車券_{じょうしゃけん}で、こちらが特急券_{とっきゅうけん}＊です。

A 東京_{とうきょう}には何時_{なんじ}に着_つきますか。

B 11時_じ23分_{ぷん}です。

A 我要到東京。

B 您要搭名古屋到東京的新幹線，對吧？您要指定對號座位嗎？

A 請您給我早上 10 點左右出發，靠窗的位子。

B 為您安排 9 點 41 分希望號 116 班列車，靠窗的位子，可以嗎？

A 好的，麻煩你了。

B 好的，這是乘車券，這是特急券。

A 請問幾點到東京？

B 11 點 23 分。

Note ＊買新幹線車票時，會拿到「乘車券_{じょうしゃけん}」及「特急券_{とっきゅうけん}」。「特急券_{とっきゅうけん}」是搭乘快速車的票證。

01 ～ から ～ までの行き方

この駅からスカイツリーまでの行き方を教えてください。

請問我怎麼從這個車站到晴空塔。

山下公園から中華街までの行き方を教えてください。

請問我怎麼從山下公園到中華街。

石川町駅からホテルまでの行き方が分からないんです。

我不知道怎麼從石川町車站到飯店。

駅から空港までの行き方が分からないんです。

我不知道怎麼從車站到機場。

旅遊小句

🦉 電車

1 この自動販売機はどうやって使いますか。
這個自動售票機怎麼用？

2 特急／急行／普通は西池袋に止まりますか。
特急／快車／普通列車是否在西池袋停？

3 Ⓐ 次の電車は大阪城へ行きますか。
Ⓑ はい、行きますよ。あと5分でこの駅に到着します。

A：下一班電車有到大阪城嗎？
B：有的。約5分鐘後到站。

4 次の駅はどこですか。　　　　　　　下一站是什麼地方？

5 どの駅が一番厳島神社＊に近いですか。
哪一站離嚴島神社最近？

Note
＊神社在漲潮時，部分神社範圍會沒入
水中。其中水中的「鳥居」相當有名。

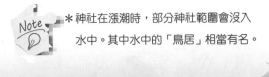

103

6 **A** 岡山までの午後 5 時 12 分の席をお願いします。

  B 申し訳ございません、すでに満席です。午後 7 時発

  になりますが、よろしいでしょうか。

  A：我想買訂一張下午 5 點 12 分去岡山的車票。
  B：很抱歉，車票已經售完了。坐晚上七點開的，好嗎？

7 自由席／指定席／クリーン席＊をお願いします。

  我要自由座／對號座／商務車廂的票。

8 **A** 長野行きは何番ホーム／何番線ですか。

  B 3 番ホーム／3 番線です。

  A：往長野是幾號月台？
  B：3 號月台。

9 片道料金／往復料金はいくらですか。　單程車票／來回車票多少錢？

10 奈良へ行くには、どこで乗り換えればいいですか。

  請問到奈良要在哪裡換車？

11 （駅員）切符を拝見します。

  （站務員）請給我看您的車票。

Note　＊另外還可以要求「窓側席／通路側席」

  （靠窗座、靠走道座）。

トラブル

12 切符をなくしたんですが、どうしたらいいですか。
きっぷ
我丟了車票，怎麼辦？

13 Ⓐ 乗り越してしまいました。どうしたらいいですか。
の こ
Ⓑ あちらに清算機がありますので、ご利用ください。
せいさん き　　　　　　　　　　　　　　りょう

A：我坐過站了。怎麼辦？
B：那邊有補票機，請您多加利用。

14 乗り遅れてしまいました。
の おく
我沒搭上車。

15 この切符は払い戻しできますか。
きっぷ はら もど
這張票可以退嗎？

16 列車内に忘れ物をしてしまいました。
れっしゃない わす もの
我把東西忘在車上了。

5-4 レンタカー
租車

 車を借りたいんですが。 (69)

 ご予約はございますか？

 いいえ、していません。

 わかりました。では、こちらの資料をご覧ください。

 この型の車のレンタル料はおいくらでしょうか。

 1日ごとに 8,900 円です。この値段には基本的な

自動車保険と消費税が含まれています。

ただガソリン代は入っておりません。

 車は同じこの場所に返すんですか。

 私どもの支店でしたら、どこでも構いませんよ。

Ⓐ 我想租輛車。
Ⓑ 您有預約嗎？
Ⓐ 沒有。
Ⓑ 好的，請您看這邊的資料。
Ⓐ 這個車型的租車費用怎麼算？
Ⓑ 一天 8,900 元。這個價格基本上包含汽車保險和稅金在內，可是不含油錢。
Ⓐ 車子要開回這裡還嗎？
Ⓑ 您只要在我們任何一家分公司都可以還車。

句型 70

01 ～たら～

事故にあったらどうすればいいですか。

發生事故的話，要怎麼做才好？

車が故障したらどうすればいいですか。

車子故障的話，要怎麼做才好？

車内を汚したら、違約金を払うんでしょうか。

如果弄髒車子內部，要付違約金嗎？

車の鍵をなくしたら、この電話までご連絡ください。

如果遺失車鑰匙，請打這支電話連絡。

旅遊小句

1	どんな車種をご希望でしょうか。	您想租哪種車呢？

2 セダンがいいかなと思っているんですが。

轎車型的似乎不錯。

3 チャイルドシートの取り付け方を教えてください。

請告訴我怎麼安裝兒童椅。

4 カーナビの使用方法を教えてください。

請告訴我導航的使用方式。

5 この追加チャージは何ですか。

這個追加費用是什麼？

迷路

6	車が故障しているみたいなんですが。	我的車好像拋錨了。

7 すみません、今ここは、
この地図のどこでしょうか。

對不起，我的位置是在這張地圖上的哪裡呢？

8　銀山温泉（ぎんざんおんせん）に行（い）く途中（とちゅう）なんですが、今（いま）、道（みち）に迷（まよ）ってしまったんです。

我在往銀山溫泉的路上，現在迷路了。

9　銀山温泉（ぎんざんおんせん）はここから遠（とお）い／近（ちか）いですか。

銀山溫泉距離這裡近嗎？

 加油

10　ここから一番近（いちばんちか）いガソリンスタンドまでは、どのくらいですか。

到離這裡最近的加油站有多遠？

11　レギュラー／ハイオク＊を満（まん）タンでお願（ねが）いします。

92（無鉛）／98（無鉛）汽油，請加滿。

12　千円分（せんえんぶん）だけ／10リットルお願（ねが）いします。

請加一千塊／10公升的油。

 Note

＊「ハイオク」是98無鉛汽油，也稱作「マグナム」。
「レギュラー」則是92無鉛；「軽油（けいゆ）」是柴油；
「灯油（とうゆ）」是煤油。

こ しょう
故障
拋錨

けんいんしゃ　　　　　　しゃ
牽引車・レッカー車
拖吊車

ちゅうしゃじょう
駐車場
停車場

パンク
爆胎

ワイパー
雨刷

サイドブレーキ
手煞車

テールライト
尾燈

クラクション
喇叭

アクセル
油門

ラジエーター
散熱器

ギア
排擋捍

き あつ
気圧
（輪胎）胎壓

トランク	タイヤ	ボンネット
汽車後車廂	車輪	引擎蓋

エンジン	フロントガラス	ナンバープレート
引擎	擋風玻璃	汽車車牌

ウインカー	ベッドライト	バックミラー
方向燈	頭燈	後視鏡

サイドミラー	ハンドル	うんてんせき じょしゅせき 運転席・助手席
後照鏡	方向盤	駕駛座、助手席

観光とショッピング
觀光購物

自由行的觀光客，如果考量到節省交通時間等因素，參加有中文導覽服務的特色觀光巴士行程，這對一些不想花時間看地圖找路的人，是相當不錯的選擇。

購物的話，一般而言，日本的商店和購物商場、百貨公司等等的營業時間，大約從上午十點到晚上八點左右，當然各家略有不同，部分百貨公司只到晚上 7:30，可事先上網查清楚，以免耽誤行程。這幾年特別瘋「ドラッグストア」（藥妝店），這裡面的化妝品有許多是不外銷的人氣商品，也是不錯的選擇！

如果要觀賞戲劇、音樂會、日本的主要傳統藝術，有京都舞蹈、雅樂舞蹈、古琴、人偶劇等活動，可先上網查詢。（如：「Theater Guide」http://www.theaterguide.co.jp/；「京都祇園彌榮會館」（http://www.kyoto-gioncorner.com/），或與各代理售票處聯絡。

相撲是日本的傳統國技。每年全國共有六次相撲錦標賽，分別在東京（一月、五月、九月）、大阪（三月）、名古屋（七月）和福岡（十一月）舉行。日本人非常喜愛觀看相撲，所以必須儘早預訂。

6-1 ツアーを申し込む
報名觀光團

しない かんこう
A 市内の観光ツアーはありますか。 73

はんにち にち よる
B 半日コース、1日コース、夜のコースなどがありますが。

にち
A 1日コースにしたいんですが…。

B では、こちらのツアーはいかがですか。

りょうきん ひとり りょうきん
A えーと、この料金は一人あたりの料金ですか。

こ えん
B はい。子どもでしたら 5,800 円です。

しょくじ つ
A そのコースは食事が付いていますか。

ちゅうしょく つ
B はい、昼食付きです。

A 請問你這裡有市區觀光團嗎？
B 我們有半天、一天跟晚上等等行程。
A 我想要參加一天的行程。
B 那您可以參考一下這邊的行程。
A 嗯，這個費用是一個人的費用嗎？
B 是的。如果是小孩子的話則是 5,800 塊日幣。
A 這個行程有附餐嗎？
B 有的。有附午餐。

句型

01　～　に　～　は入っていますか。

このコースに清水寺（きよみずでら）は入（はい）っていますか。

這個行程包含清水寺嗎？

このツアーにディズニーランドは入（はい）っていますか。

這個團有包含迪士尼樂園嗎？

この料金（りょうきん）に交通費（こうつうひ）は入（はい）っていますか。

這個費用有含交通費嗎？

この料金（りょうきん）にお寺（てら）の拝観料（はいかんりょう）は入（はい）っ

ていますか。

這個費用有含寺廟參觀費嗎？

旅遊小句 75

一天行程

1　市内観光／別のツアーはありますか。
しないかんこう　べつ
有沒有市區的觀光行程／別的行程呢？

2　日帰り／半日／午前中／夜のツアーは
ひがえ　はんにち　ごぜんちゅう　よる

ありますか。
有沒有當天來回／半天／上午／晚上的觀光行程？

3　このコースには皇居は入っていますか。
こうきょ　はい
這行程包括（參觀）皇宮嗎？

4　日光へ行くコースはありますか。
にっこう　い
有沒有去日光的觀光行程？

5　中国語が話せるガイドはつきますか。
ちゅうごくご　はな
有會講中文導遊陪同嗎？

6　この料金に昼食代／見学料は入っていますか。
りょうきん　ちゅうしょくだい　けんがくりょう　はい
這個費用包括午餐／參觀費嗎？

7　交通費は全部込みですか。
こうつうひ　ぜんぶこ
交通費全部包括在內嗎？

8　何を持って行けばいいですか。
なに　も　い
需要帶什麼去嗎？

9 Ⓐ コースの途中で離脱することができますか。

Ⓑ はい、できます。その際、必ず添乗員まで

お知らせください。

A：可以在行程途中離團嗎？

B：可以的。屆時請務必通知隨團導遊。

10 Ⓐ いつまでに予約すればいいですか。

Ⓑ お電話での予約でしたら、出発の1時間前まで可能です。

A：我得在什麼時候之前預約？

B：電話預約的話，到出發前一小時之前都可以。

11 このツアーはどのくらいの時間がかかりますか。

這個行程要花多少時間？

12 集合場所／解散場所はどこですか。

集合地點、解散地點在哪裡？

Unit
6
観光
6-1 ツアーを申し込む

13 Ⓐ バスの座席は決まっていますか。

Ⓑ はい、すべてのコースは指定席です。

A：所有的巴士位子都是固定的嗎？

B：是的。所以的行程都是對號座位。

14 バスにトイレはついていますか。　　観光巴士裡有廁所嗎？

117

6-2 ツアーに参加する
参加觀光團時

 A　この建物は立派ですね。

 B　ええ、そうですね。あそこは昔、豊臣秀吉が住んでいたところなんです。

 A　すみません、写真を撮っていただけませんか。

 C　はい。

 A　あの建物をバックにしてくれますか。

 C　はい。

 A　館内で写真を撮ってもいいですか。

 C　3階、4階以外は大丈夫ですよ。

A　這棟建築物好雄偉哦！
B　是啊！那裡以前是豐臣秀吉住的地方。

A　不好意思，可以幫我照相嗎？
C　好的。
A　可以請你以那棟建築物做為背景嗎？
C　好的。
A　館內裡可以照相嗎？
C　3樓、4樓以外都可以。

118

句型 🎧 77

01 〜 という 〜

あの一番高い山は那須岳という山です。

那座最高的山是稱之為「那須岳」的山。

右に見えるのが高城という城です。

右邊看到的是稱之為「高城」的城池。

写真の右端にあるのが千曲川という川です。

照片的右邊的是稱之為「千曲川」的河川。

あの高層ビルは何という建物ですか。

那幢高層大廈名稱是什麼？

1
建物の中に入るのは有料ですか。
たてもの　なか　はい　　　　　　　　ゆうりょう

進到建築物裡要錢嗎？

2
展望台は何階ですか。
てんぼうだい　なんがい

展望台在幾樓？

3
館内にコーヒーショップがありますか。
かんない

館內有沒有咖啡館？

4
トイレはどこですか。

廁所在哪裡？

5
何時までにバスに戻ればいいですか。
なんじ　　　　　　もど

幾點以前要回到巴士這裡？

6
あの建物／石像／踊りは何ですか。
たてもの　せきぞう　おど　なん

那是什麼建築物／石像／舞蹈？

7
あの山は何という名前ですか。
やま　なん　　　　なまえ

那座山叫什麼名字？

8
いつ建てられた／再建されたんですか。
た　　　　　　さいけん

是什麼時候蓋／重建的？

9
建物の中に入ることはできますか。
たてもの　なか　はい

這棟建築物可以進去嗎？

10
誰がこれを建てた／描いたんですか。
だれ　　　　　た　　か

這是誰建造／畫的？

11
どのくらい前のことですか。
まえ

那是多少年以前的事呢？

120

12 それについて、もう少し説明していただけますか。
關於那個可以請您再說明一下嗎？

13 おみやげを買えるお店は、近くにありますか。
附近有可以買到伴手禮的店嗎？

拍照

14 すみません、写真を撮ってもらえますか。
對不起，可以幫我拍照嗎？

15 一緒に写真を撮らせていただけ

ませんか。
我們一起照張相好嗎？

16 写真を撮りましょうか。　　　　要不要我幫你拍照？

17 もう1枚お願いします。　　　　麻煩再一張。

18 シャッター／ここを押すだけでいいです。
按快門／按這裡就可以。

19 後ろのあの山を入れて撮ってください。
請把後面的山拍進去。

20 写真を送りましょうか。　　　　要不要我將照片寄給你？

寺廟用語 📷

神社 じんじゃ

神社

鳥居 とりい

鳥居

参道 さんどう

參拜道

手水舎 ちょうずや

淨手處

狛犬 こまいぬ

狛犬（類似石獅子）

くじ

神籤

絵馬 えま

繪馬

お守り まも

護身符

七福神 しちふくじん

恵比寿天 えびすてん
（漁業、生意昌隆）

布袋尊 ほていそん
（笑神、夫婦圓滿、
產育之神）

毘沙門天 びしゃもんてん
（武神、融通招福）

弁財天 べんざいてん
（音樂、語言、
廣結善緣）

寿老人 じゅろうじん
（富貴長壽）

福禄寿 ふくろくじゅ
（福祿壽神）

大黒天 だいこくてん
（農業、財寶、福德）

 會話 ①

 A ２枚お願いします。

 B はい、600円になります。

 A すみません、このパンフレットをいただいてもいいですか。

 B はい、どうぞ。

 A 記念スタンプはありますか。

B １階案内所付近と、３階ロビーにございます。

Ⓐ （票）二張。
Ⓑ 好的，六百塊日幣。
Ⓐ 不好意思，這個手冊可以拿嗎？
Ⓑ 可以，請。
Ⓐ 請問有紀念章嗎？
Ⓑ 在１樓詢問台以及３樓大廳均有擺置。

會話 ②

 A　館内の地図はありますか。

 B　地図は、チケットの後ろにありますよ。

 A　あっ、これですね。（拿起入館券看）

 B　はい、そうです。

 A　館内では写真を撮ってもいいですか。

 B　館内は撮影禁止となっておりますので、ご遠慮ください。

Ⓐ 請給我館內地圖好嗎？

Ⓑ 館內地圖在門票的後面。

Ⓐ 啊，這個啊？（拿起入館券看）

Ⓑ 是的。

Ⓐ 館內可以照相嗎？

Ⓑ 館內禁止照相，所以請不要照相。

Part 4

Unit 6

観光

6-3 美術館・博物館・記念館

81

01　〜て　ほしいです

じょうせつてん じ さくひん
常設展示作品をもっと増（ふ）やしてほしいです。

希望多增加常設展示作品。

ちょうこくさくひん
この彫刻作品をもっとたくさんの人（ひと）に見（み）てほしいです。

希望更多的人看到這項雕刻作品。

こ たち ほんもの げいじゅつ
子ども達に本物の芸術を見（み）て、触（ふ）れて、感（かん）じてほしいです。

希望讓孩子們欣賞、接觸、感受到真正的藝術。

に ほんぶん か
もっともっと日本文化を好（す）きになってほしいです。

希望（各位）能更加喜歡日本文化。

旅遊小句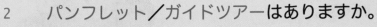

1
入口（いりぐち）はどこですか。
入口在哪裡？

2
パンフレット／ガイドツアーはありますか。
有手冊／導覽介紹嗎？

3
閉館（へいかん）は何時（なんじ）ですか。
閉館時間是幾點？

4
次（つぎ）はこっちですか。
接下來是從這邊（走）嗎？

5
出口（でぐち）はどこですか。
出口在哪裡？

6
絵（え）はがきはどこで買（か）えますか。
明信片在哪裡買得到？

7
特別展示（とくべつてんじ）／常設展示（じょうせつてんじ）はありますか。
有特展／常設展嗎？

8
展示室（てんじしつ）で作品解説（さくひんかいせつ）をしてほしいのですが…。
希望能為我解說展示室的作品。

9
博物館（はくぶつかん）の中（なか）を案内（あんない）してくれる人（ひと）はいますか。
有人可以為我導覽博物館嗎？

10 展示室の再入場はできますか。　　　展示室可以重複再入場嗎？

11 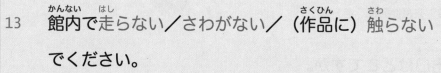 Ⓐ ガイドツアーは、どのくらいの時間が

かかりますか。

Ⓑ 30分ぐらいです。

A：導覽大約要花多少時間？
B：約30分鐘。

12 小さな子どもでも楽しめますか。

年齡小的小朋友也可以玩得很開心嗎？

13 館内で走らない／さわがない／（作品に）触らない

でください。

請勿在館內奔跑／吵鬧／觸摸（作品）

14 館内でのご飲食はできません。

館內不可飲食。

15 Ⓐ 展示室でメモを取ってもいいですか。

Ⓑ はい、かまいません。鉛筆をご使用ください。

A：展示室可以做筆記嗎？
B：可以的。請使用鉛筆。

單字充電站 84

イベント
活動

ぶんや
分野
領域

れきし
歴史
歷史

げいじゅつ
芸術
藝術

みんぞく
民俗
民俗

さんぎょう
産業
產業

しぜんかがく
自然科学
自然科學

うと
～に疎い
對～不了解

きふ　きぞう
寄付・寄贈
捐贈

せかいいさん
世界遺産
世界遺產

こくほう
国宝
國寶

ちょうさ けんきゅう しりょう
調査研究資料
調査研究資料

遊園地
遊樂園

 この子はメリーゴーランドに乗ることができますか。

 はい、大丈夫です。でも 120 センチ以下なら、大人の方

の付き添いが必要です。

 そうですか、分かりました。次のパレードは何時からですか。

 11 時からです。

* * * * * * * * * * * *

 あのう、パレード＊は何時にここに来るのですか。

 この場所ですと、3 時 15 分くらいです。

 どうも、ありがとう。

Ⓐ 這孩子可以坐旋轉木馬嗎？

Ⓑ 可以的。但是 120 公分以下，需要大人
陪同。

Ⓐ 好的。我知道了。下一場的遊行是幾點
開始？

Ⓑ 11 點開始。

Ⓐ 請問遊行隊伍幾點會到這裡？

Ⓒ 這個地方的話，大約是 3 點 15 分左右。

Ⓐ 謝謝。

句型

01 ～ が必要です

何才の子どもからチケットが必要ですか。
なんさい こ ひつよう

幾歲的小孩需要買票呢？

大人の方の付き添いが必要です。
おとな かた つ そ ひつよう

需要大人的陪同。

ショーはあらかじめインターネット
によるご予約が必要です。
よやく ひつよう

表演秀需要事先上網預約。

Note

＊以「ディズニーランド」（迪士尼）來說，不同的遊行有好幾場，時間太一定，可事先上
官網查詢清楚。其他相關用語還有：アトラクション（遊戲設施）、ショー（表演秀）、
キャラクターグリーティング（與人偶接觸拍照活動）。

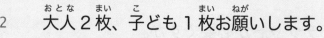

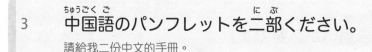

1 スターライトパスポートは今買えますか。
現在可以買星光護照嗎？

2 大人２枚、子ども１枚お願いします。
大人二張、小孩一張。

3 中国語のパンフレットを二部ください。
請給我二份中文的手冊。

4 入場料はいくらですか。 　　　　　　　　門票多少錢？

5 園内から一度出たら、また再入場できますか。
一旦離開園區，還可以再入園嗎？

6 モノレールはどこで乗れますか。 　　　（遊園）單軌電車在哪裡坐？

7 Ⓐこの観覧車は一周何分ですか。

Ⓑ18分くらいです。

A：這個摩天輪，一圈是幾分鐘？
B：約18分左右。

8 スペースマウンテン／ホーンテッドマンション／

プーさんのハニーハントはどこですか。
請問「太空山」／「幽靈公館」／「小熊維尼獵蜜記」在哪裡？

9 どこでパレードを見るのがいいですか。

請問在哪裡看遊行比較好呢？

10 次のショーは何時からですか。

下一場表演什麼時候開始？

11 綿あめとコーラをください。

請給我一支棉花糖和可樂。

12 すみません、写真をお願いします。

對不起，拍個照好嗎？

13 これはシンデレラ城に入る列ですか。

請問這是要（排隊）往灰姑娘城堡的隊伍嗎？

14 すみません、ここから入場するまでどのくらい待ちますか。

對不起，請問從這裡到入場要（排隊）等多久？

15 すみません、あとから友達が 2 人ここに入りますが、

よろしいですか。

不好意思，我還有兩位朋友要進來，可以嗎？

16 すみません、ここが一番後ろ／列の最後尾ですか。

對不起，這是（隊伍的）最後面／隊伍的最尾端嗎？

17 この位置ですと、40 分の待ちです。

這個位子的話要等 40 分鐘。

單字充電站

ゴーカート
碰碰車

メリーゴーランド
旋轉木馬

ジェットコースター
雲霄飛車

フリーフォール
大怒神

バイキング
海盜船

ウォーターライド
水上雲霄飛車

お化け屋敷
鬼屋

観覧車
摩天輪

コーヒーカップ
咖啡杯

回転ブランコ＊
輻射飛天椅

Note

＊絶叫マシン：凡是遊戲設施，以高速讓人尖叫的設施，
均叫「絶叫マシン」。包括：ジェットコースター、
フリーフォール、ウォーターライド、回転ブランコ、
バイキング……等等。

卡通主題人物

ピーターパン

彼得潘;小飛俠

しらゆきひめ
白雪姫

白雪公主

シンデレラ

灰姑娘

ミッキー（マウス）

米老鼠

ミニー（マウス）

米妮

ドナルド（ダック）

唐老鴨

アリス

愛麗絲

プーさん

維尼熊

ピノキオ

小木偶

（プレイガイドで）今日、歌舞伎座では、
何を上演していますか。

 「仮名手本忠臣蔵」です。

 チケットはまだありますか。

何名様ですか。

 二人ですが。

 まだ、ございますよ。

 じゃ、2枚ください。

Ⓐ（在代售票處）今天，在歌舞伎座上演什麼劇？
Ⓑ《仮名手本忠臣蔵》。
Ⓐ還有票嗎？
Ⓑ請問幾位？
Ⓐ兩位。
Ⓑ還有票。
Ⓐ那……，請給我兩張。

句型 🎧 90

01 ～は まだありますか。

席はまだありますか。
^{せき}

還有位子嗎？

今日のチケットはまだありますか。
^{きょう}

還有今天的票嗎？

S席＊はまだありますか。
^{せき}

還有 S 座位嗎？

今晩の指定席はまだありますか。
^{こんばん} ^{し ていせき}

今晚的對號座位還有嗎？

Note ＊指某些劇場的座位等級。除了「S席」等級座位之外，還有「A席」、「B席」等。
^{せき} ^{せき} ^{せき}

旅遊小句 🎧 91

1
今日は何をやっていますか。
今天演什麼？

2
それはどんな劇ですか。
那是什麼樣的戲？

3
チケットはどこで買えばいいんですか。
哪裡可以買到票？

4
金曜日の夜に空席はありますか。
星期五晚上有沒有空位？

5
入場料／一番安い席はいくらですか。
門票／最便宜的座位多少錢？

6
一般席を 1 枚ください。
我要買一張普通票。

7
同伴の人と一緒に座りたいんですが。
我想要和同伴一起坐。

8 前^{まえ}のほうの席^{せき}をお願^{ねが}いします。

我要靠前方的座位。

9 D列^{れつ}11番^{ばん}の席^{せき}を探^{さが}しています。

我在找 D 排 11 號的座位。

10 席^{せき}へ案内^{あんない}していただけますか。

帶我到我的座位好嗎？

11 ジーンズとスニーカーでも行^いけますか。

穿牛仔褲和運動鞋去可以嗎？

12 服装^{ふくそう}の決^きまりはありますか。

有服裝規定嗎？

13 普段着^{ふだんぎ}でもいいですか。

穿便服去可以嗎？

6-6 スポーツ：スキー
運動：滑雪

 しょしんしゃ
初心者なんですが。

 だいじょうぶ　　　　　　しょしんしゃ む
大丈夫ですよ。初心者向きのコースもありますから。

 こ じん
個人レッスンなどはありますか。。

 おや こ
はい、あります。親子レッスンもありますよ。

 いた　　くつ　　か
そこでは、板と靴も借りられますか。

 もちろんです。あちらのレンタルショップで

か
借りられますよ。

Ⓐ 我是初學者……。

Ⓑ 沒關係，那裡有適合初學者的滑雪道。

Ⓐ 有個人滑雪課程嗎？

Ⓑ 有的。還有親子滑雪課程哦！

Ⓐ 那裡可以借滑雪板跟鞋子嗎？

Ⓑ 當然。那邊的租借店可以借。

句型 🎧 93

01 〜V（ら）れます

宿泊者ならウェアや道具は無料で借りられます。

如果是住宿者的話，可以免費租借服裝及裝備。

スノーシューズのままでリフトに乗れますか？。

可以穿雪鞋坐滑雪覽車嗎？

現地で板と靴は借りられますか。

現場可以借滑雪板和鞋子嗎？

初心者でもうまく滑れるようになりますか。

初學者也可以滑得起來嗎？

141

旅遊小句 🔊94

| 1 | 子（こ）ども用（よう）のゲレンデはありますか？ | 有小孩子用的滑雪場地嗎？ |

| 2 | ソリ遊（あそ）びができるスペースはありますか？ |
有可以玩雪橇的地方嗎？

| 3 | 初心者（しょしんしゃ）コースはどこですか？ | 初學者的滑雪道在哪裡？ |

4 🅐 スキーセットには何（なに）がついていますか？
🅑 スキー板（いた）と靴（くつ）、それにストックです。

A：滑雪套裝裝備有附哪些？
B：有滑雪板、鞋子、雪杖。

5 🅐 スキー保険（ほけん）はありますか？
🅑 来場者（らいじょうしゃ）に対（たい）する保険（ほけん）はかけておりません。

A：有滑雪保險嗎？
B：沒有針對遊客的保險。

| 6 | 今（いま）、どんな施設（しせつ）が利用（りよう）できますか。 | 現在可以使用什麼設施？ |

7 🅐 コインロッカーはありますか？
🅑 ご用意（ようい）しております。

A：有投幣式置物櫃嗎？
B：有的。

8　佐々木さんはスノーボードが上手ですね。

わたしはまだコツがつかめないんです。

佐佐木先生您雪板滑得真好，我就還沒有掌握到訣竅。

9　ようやく滑れるようになりました。

終於會滑了。

10　雪はやわらかい／硬いですか？

雪是鬆軟的／硬的？

11　スキーお上手ですね！

您滑得真好！

12　すごく楽しいですね。

太好玩了。

迷子／道に迷う
走失／迷路

 會話 ①

 A すみません、私たちはこの地図ではどこにいるん

でしょうか。

 B ええと、だいたいこのあたりです。

 A そうすると、東京駅の近くですね。

 B ええ、この道にそって行けば、10分で着きますよ。

Ⓐ 對不起，請問我們現在在這張地圖的哪裡？
Ⓑ 嗯……，大概是在這附近。
Ⓐ 這麼說，就在東京車站的附近囉？
Ⓑ 對，沿著這條路走的話，大概十分鐘左右就可以到。

會話 ②

A すみません、娘／息子が迷子になりました。

呼び出しはできますか。

B どちらでいなくなりましたか。

A あの角です。

B いつごろから姿が見えないんですか。

A 20分前からです。

B どのような格好をなさっていますか。

A 4才の女の子で、チェック柄のシャツを着て、

ジーンズをはいています。

B かしこまりました。ここでお待ちください。

A 對不起，我女兒／兒子走失了，可以幫我廣播嗎？
B 在哪裡走失的呢？
A 在那個轉角。
B 什麼時候走失的呢？
A 在 20 分鐘前。
B 是什麼樣子的小朋友？
A 是四歲的小女生，穿格子襯衫，牛仔褲。
B 好的，請您在這裡等一下。

01　〜　次第、〜

子どもが見つかり次第、電話してください。

一發現小孩，請您打電話給我。

分かり次第、教えてください。

一確認，請您通知我。

連絡があり次第、電話していただけますか。

一有連繫，可以請您打電話給我嗎？

02　〜て　います。（様子）

水玉柄の緑のワンピースを着て、茶色い帽子をかぶって

います。

穿著水藍圓點綠色連身裙，戴著咖啡色的帽子。

縞柄の青いシャツを着て、ジーンズを履いています。

穿著藍色條紋襯衫、牛仔褲。

デニムのジャケットを着て、赤いスカートをはいています。

穿著牛仔外套，紅色裙子。

旅遊小句

走失

1
同伴者／娘／息子が見当たらないんですが。
<small>どうはんしゃ むすめ むすこ み あ</small>
我找不到我的同伴／女兒／兒子。

2
友達とはぐれてしまいました。
<small>ともだち</small>
我和朋友走失了。

3
見つかり次第連絡してもらえますか。
<small>み し だいれんらく</small>
一找到立即通知我好嗎？

找路

4
ここから一番近いバス停はどこですか。
<small>いちばんちか てい</small>
距這裡最近的公車站在哪裡？

5
Ⓐ 新橋駅へはどう行ったらいいですか。
<small>しんばしえき い</small>

Ⓑ¹ この道をまっすぐ行ってください。
<small>みち い</small>

Ⓑ² 次の角を左に曲がってください。
<small>つぎ かど ひだり ま</small>

Ⓑ³ 今来た道を戻ってください。
<small>いまき みち もど</small>

A：請問新橋車站要怎麼走呢？
B1：往這條路直走。
B2：請在下一個轉角左轉。
B3：你可以往回走。

6 Ⓐ なにか目印になるものはありますか。
　Ⓑ すぐ隣がデパートです。

　A：有沒有明顯的標的物？
　B：緊鄰的是百貨公司。

7 Ⓐ 駅からどれくらいの距離ですか。
　Ⓑ 歩くと15分くらいですが、タクシーなら5分もかかりません。

　A：離車站有多遠距離？
　B：走路的話要15分鐘左右，搭計程車的話不要5分鐘。

8 Ⓐ 駅前広場のどちら側ですか。
　Ⓑ カラオケボックスのある左手側です。

　A：在站前廣場的哪一邊？
　B：有卡拉OK店的左手邊。

9 Ⓐ この通りは銀座通りと交差していますか。
　Ⓑ 500ｍくらい先で、銀座通りにぶつかります。

　A：這條街和銀座大街有交叉嗎？
　B：前方500m左右，就會碰到銀座大道。

10 Ⓐ この建物の正面入口はどこですか。
　Ⓑ 反対の大通り側です。

　A：這棟建築物的大門在哪裡？
　B：相反方向的大道那邊。

11 Ⓐ この近くに地下鉄の駅はありますか。

Ⓑ この道をまっすぐ2、300 m 行くとありますよ。

A：這附近有地鐵車站嗎？

B：這條路直走二、三百公尺就到了。

12 Ⓐ この通りの名前は何ですか。

Ⓑ 青山通りです。

A：這條街叫什麼名字？

B：青山大道。

13 Ⓐ 通りのどちら側ですか。

Ⓑ こちらから行くと、右手です。

A：在馬路的哪一邊呢？

B：往這走，在右手邊。

14 Ⓐ 駅へ行くのはこの道でいいんですか。

Ⓑ ええ、このまま道沿いに行けば大丈夫です。

A：去車站走這條路對嗎？

B：沿著這條路走就可以了。

15 Ⓐ 歩いて行けますか。

Ⓑ 歩いても行けますが、バスを使ったほうが楽ですよ。

A：走路可以到嗎？

B：走路也會到，但是搭公車比較輕鬆。

ショッピング
購物

7-1 買い物する
購物

【尋找商店】

A すみません、本を買いたいんですが、この辺に大きい書店はありますか。

B この先に紀伊国屋があります。色々な種類の本がありますよ。

A いいですね。ありがとうございました。

 【結帳】

A 合計でいくらになりますか。

B 25,650円になります。

A この領収書は間違っていると思います。これは買っていません。

B あっ、申し訳ございませんでした。もう一度確認いたします。

A 對不起，我想要買書，請問這附近有大型書店嗎？
B 前面有紀伊國屋書店，裡面有各種書。
A 好像不錯，謝謝您。

A 一共是多少錢？
B 25,650塊日幣。

A 這帳單好像算錯了，我沒買這個。
B 非常抱歉，我再確認一次。

01　〜て　みる

<ruby>触<rt>さわ</rt></ruby>ってみてもいいですか。

我可以摸摸看嗎？

イメージと<ruby>違<rt>ちが</rt></ruby>ったので、<ruby>他<rt>ほか</rt></ruby>のも<ruby>見<rt>み</rt></ruby>てみます。

跟我想的不同，我再看看別的。

<ruby>大人<rt>おとな</rt></ruby>の<ruby>女性<rt>じょせい</rt></ruby>っぽいのを<ruby>探<rt>さが</rt></ruby>してみました。

我試著找了有成熟女性感覺的東西。

これはかなり<ruby>軽<rt>かる</rt></ruby>いので、ちょっと<ruby>持<rt>も</rt></ruby>ってみてください。

這個相當輕，您試著拿拿看。

旅遊小句 ₁₀₁

找店、物品

1
この近くに工芸品店／靴屋／古本屋／
古着屋はありますか。

這附近有工藝品店／鞋店／舊書店／二手衣店嗎？

2
何時から何時まで開いていますか。

營業時間是幾點到幾點呢？

3
そのお店の名前を教えてください。

請告訴我那家店的名字。

4
食品サンプルを買いたいんです。
お勧めの店はありますか。

我想買食品模型。
有推薦的店嗎？

5
個性的なもの／日本的なもの／若者向きのものが
欲しいんです。

我要日本風的東西／個性風的東西／年輕人取向的東西。

 討價還價

6
ちょっと考^{かんが}えます。
我想想。

7
ちょっと高^{たか}いですね、もっと安^{やす}いのはありますか。
有點貴，有比較便宜的嗎？

8
少^{すこ}し安^{やす}くしてもらえませんか。 *
能不能算便宜點？

9
値引^{ね び}きしてもらえますか。
能不能便宜一點兒？

Unit 7
ショッピング
7-1
買い物する

 結帳

10
レジはどこですか。
在哪裡結帳？

11
おつりが間違^{まちが}っていると思^{おも}うんですが。
（你好像）找錯錢了。

12
まだおつりをもらっていません。
你還沒有找我錢。

*日本人幾乎是不討價還價的，因此能夠殺價購物的地方很少。能殺價的大概就是東京秋葉原的電器街，「フリーマーケット」（自由市場）、上野的「アメ横」，以及、地方小商店街上的青菜店、魚店等地方。除了殺價之外，也可要求「おまけ」（贈品）。這是指支付的金額不變，但要求商家贈送某些商品。

13 会計は別々にお願いします。
かいけい べつべつ ねが

分開付，我們的帳單要分開算。

14 私の分はおいくらですか。
わたし ぶん

我的部分（要付）多少錢？

15 この金額は税込みですか。
きんがく ぜいこ

這個價錢是含稅的嗎？

16 Ⓐ 免税手続きはどうすればいいですか。
めんぜい てつづ

Ⓑ 2階には免税カウンターがあります。
かい めんぜい

A：免稅手續要怎麼處理？
B：2樓有免稅櫃檯。

17 Ⓐ これは免税できますか。
めんぜい

Ⓑ 申し訳ございません。当店では免税できません。
もう わけ とうてん めんぜい

A：這個可以免稅嗎？
B：很抱歉。本店沒有免稅。

漬けもの
醃菜

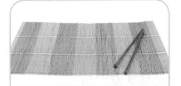

ランチョマット
餐墊

<ruby>風呂敷<rt>ふろしき</rt></ruby>
日式包巾

<ruby>扇子<rt>せんす</rt></ruby>
日式扇子

<ruby>浴衣<rt>ゆかた</rt></ruby>
浴衣

<ruby>伝統工芸品<rt>でんとうこうげいひん</rt></ruby>
傳統工藝品

<ruby>お煎餅<rt>せんべい</rt></ruby>
仙貝

ストラップ
手機吊飾

<ruby>瀬戸物<rt>せともの</rt></ruby>
陶瓷

<ruby>帯<rt>おび</rt></ruby>
和服腰帶

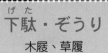

<ruby>下駄<rt>げた</rt></ruby>・ぞうり
木屐、草履

<ruby>招き猫<rt>まねねこ</rt></ruby>
招財貓

化粧品
化粧品

 乳液を探しているんですが…。

 はい。ドライスキン用と、オイリースキン用、

ノーマルスキン用がありますが、どちらになさいますか。

 ノーマルスキン用のを見せてください。

 これはいかがですか。保湿力があって、人気がありますよ。

 じゃ、これにします。2本ください。

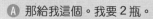

Ⓐ 我在找乳液。

Ⓑ 好的。有油性、乾性及中性皮膚用的，您要哪一種？

Ⓐ 請給我看中性的。

Ⓑ 這個如何？保濕力好，是人氣商品。

Ⓐ 那給我這個。我要2瓶。

句型 104

01 イ形容詞く／ナ形容詞に　見える

これを使うと、顔が明るく見えますよ。

用了這個，會讓臉看起來更明亮喔！

もっと華やかに見えるようにしたいんですが。

我希望看起來更為華麗一些。

実際の年齢よりもっと若く見えるようになりますよ。

會讓你比實際年齡看起來更年輕喔。

もっと自然に見えるようなものが

ほしいです。

我想要可以讓我看起來更為自然的產品。

旅遊小句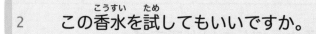

1 Ⓐ すみません、化粧品売り場は何階ですか。

Ⓑ ２階でございます。

A：請問化妝品部門在幾樓？
B：在２樓。

2 この香水を試してもいいですか。　　　我能試一下這瓶香水嗎？

3 Ⓐ もう少し軽い香り／爽やかな香りはありませんか。

Ⓑ こちらはいかがですか。

A：有沒有香味再清淡／清爽一點的（香水）？
B：您要不要看看這個？

4 お好みの香り／色／ブランドはありますか。

您有偏好的香味／顏色／品牌嗎？

5 （ファンデーション）この色でしみ／目の下のくまが

隠れるでしょうか。

這個顏色可以遮住皺紋／黑眼圈嗎？

6 これ、私に合うでしょうか。　　　這個適合我嗎？

7 このサンプルはありますか。　　　有這個的試用品嗎？

8 小じわ／シミ／毛穴を隠してくれるものは

ありますか。

有什麼可以遮細紋／斑點／毛孔的嗎？

9 乾燥肌／オイリー肌です。

乾燥肌膚／油性肌膚。

10 保湿力のあるものがほしいんです。　　我想要有保濕的產品。

11 肌荒れで、化粧やファンデーションのノリが悪いんです。

肌膚粗糙，化妝或是粉底上妝效果差。

12 このクリームはお手頃価格で、小じわに効果ありますよ。

這個乳液價格合理，對細紋又效果很好喔。

13 このフェイスパックは肌にやさしいです。

這個面膜對肌膚很柔和。

14 毛穴の黒ずみ／角栓をすっきり取る効果があります。

有強力去除毛孔黑頭粉刺／粉刺的效果。

16 こちらは乾燥肌の方におすすめのものです。

這是適合乾燥肌膚的推薦產品。

17 メイク落としを探しています。　　我要找卸妝產品。

脂性肌（しせいはだ）／オイリー肌（はだ）

油性肌膚

乾燥肌（かんそうはだ）／ドライ肌（はだ）

乾性肌膚

混合肌（こんごうはだ）／コンビネーション肌（はだ）

混合形肌膚（T字部位油性，其他部位乾性）

普通肌（ふつうはだ）／ノーマル肌（はだ）

中性肌膚

敏感肌（びんかんはだ）

敏感性肌膚

洗顔料（せんがんりょう）

洗面乳

スキンケア（肌膚保養）

化粧水／ローション
けしょうすい

化妝水

クレンジングオイル

卸妝油

乳液
にゅうえき

乳液

美容液／エッセンス
び ようえき

美容液；精華液

デイクリーム

日霜

ナイトクリーム

晩霜

ベースクリーム

隔離霜

ローション

潤膚乳液

角質除去
かくしつじょきょ

去角質

ピーリング（ジェル）

果酸去角質（凝膠）

スクラブ（ジェル）

磨砂去角質（凝膠）

ハンドクリーム

護手霜

トリートメント
養護

パック／マスク
面膜

ミルキィ
乳状

リキッド
液状

メイクアップ（化妝）

まゆずみ
眉墨／アイブロー
眉筆

アイライナー
眼線筆

マスカラ
睫毛膏

アイシャドー
眼影

チーク
腮紅

化粧下地
け しょうしたじ
化妆前使用的化妆品

コンシーラー
遮瑕膏

リキッドファンデーション
粉底液

ファンデーション
粉底

パウダー
蜜粉

日焼け止め
ひ や ど
防曬

口紅
くちべに
口紅

マニキュア
指甲油

衣料品
服装

會話 ①

 A　すみません、これを試着できますか。　(107)

 B　はい、こちらへどうぞ。

 A　少し小さいようです。ワンサイズ大きいものはありますか。

 B　少々お待ちください。

……すみません、いまはこのサイズしかございません。

 A　デザインの似ているものはありますか。

 B　はい、こちらはいかがですか。

 A　じゃ、これにします。

 B　ありがとうございました。お会計はあちらでお願いします。

A 不好意思，這個可以試穿嗎？
B 可以的，這邊請。
A 有點小，有沒有再大一號的？
B 請稍等。……對不起，現在只有這個尺寸。
A 有沒有類似的樣式？
B 好的，這個怎麼樣？
A 好，就這個。
B 謝謝您。請在那邊結帳。

會話 ②

 A すみません、マフラー売り場は何階ですか。

 B ３階でございます。

 A わかりました。ありがとう。

❋ ❋ ❋ ❋ ❋ ❋ ❋ ❋ ❋

 A すみません、それをみせてください。

 C はい、どうぞ。

 A その材質は何ですか。

 C カシミヤです。

 A この色はいいですね。じゃ、これをください。

Ⓐ 對不起，請問圍巾在幾樓？
Ⓑ 在３樓。
Ⓐ 我知道了。謝謝。

❋ ❋ ❋ ❋ ❋ ❋

Ⓐ 對不起，請給我看那個。
Ⓒ 好的，請。
Ⓐ 那是用什麼（材質）做的？
Ⓒ 喀什米爾羊毛。
Ⓐ 這個顏色不錯，我要這個。

Part 4

Unit 7

ショッピング

7-3 衣料品

01 い形容詞 ~~い~~ すぎます。

Lサイズでは大（おお）きすぎます。　　　　　　L 號的話太大。

袖（そで）の部分（ぶぶん）が長（なが）すぎます。　　　　　　袖子的部分太長。

このシャツは小（ちい）さすぎます。　　　　　　這個襯衫太小。

このズボンは丈（たけ）が短（みじか）すぎます。　　　　　這件褲子長度太短。

02 い形容詞 ~~い~~ くしてください

もう少（すこ）し短（みじか）くしてください。　　　　　長度改短一些。

もう少（すこ）し大（おお）きくしてください。　　　　　請弄大一點。

幅（はば）をもう少（すこ）し小（ちい）さくしてください。　　　寬度縮小一點。

すそをもう少（すこ）し長（なが）くしてください。　　　　下擺弄長一些。

166

旅遊小句  110

1　Ⓐ 何かお探しですか。

　　Ⓑ いいえ、ちょっと見ているだけです。

　　A：請問您要找什麼？
　　B：沒有，（我）只是看看而已。

2　Ⓐ すみません、スカーフ／マフラー／帽子はどこで買えますか。

　　Ⓑ ３階においてあります。

　　A：請問哪裡有賣領巾／圍巾／帽子？
　　B：在３樓。

3　鏡はありますか。　　　　　　　　　　　　　試衣鏡在哪裡？

4　試着室はどこですか。　　　　　　　　　　　試衣室在哪裡？

5　Ⓐ サイズはおいくつですか。

　　Ⓑ 26 です。

　　A：請問您穿幾號？
　　B：26 號。

6　サイズが合いません。　　　　　　　　　　　尺寸不合適。

7　サイズがわからないので、計ってもらえますか。

我不知道尺寸，你幫我量一下好嗎？

8 これはちょっと大^{おお}きい／小^{ちい}さい／長^{なが}い／短^{みじか}い／ゆるい／

きついです。

這件有點大／小／長／短／鬆／緊。

9 他^{ほか}のものを見^みせていただけますか。 拿一些別的給我看好嗎？

10 他^{ほか}の色^{いろ}／柄^{がら}／サイズはありますか。 有其他的顏色／花樣／尺寸嗎？

11 このサイズで色違^{いろちが}いはありませんか。 這個尺寸還有其他顏色嗎？

12 丈^{たけ}を直^{なお}してもらえますか。 衣長可以改嗎？

13 どれくらい時間^{じかん}がかかりますか。 要多久？

 內衣

14 ノンワイヤーのブラを探^{さが}していますが。

我要找沒有鋼圈的內衣。

15 肩^{かた}ひも／ストラップ取^とり外^{はず}しできるタイプはありますか。

有可以換肩帶的類型嗎？

16 サイズを測^{はか}ってくれませんか。

可不可以幫我量一下尺寸？

服飾用語

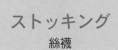

ストッキング	靴下（くつした）	合（あ）う・合（あ）っている
絲襪	襪子	合身；合適的

ナイロン	綿（わた）	ショール
尼龍	綿	披肩

マフラー	スカーフ	ベルト
圍巾	領巾	皮帶

手袋（てぶくろ）	ドレス	スーツ
手套	洋裝	套裝

長袖
ながそで

長袖

半そで
はん

短袖

ノースリーブ

無袖

パンツ

褲子

シャツ

襯衫

Ｔシャツ

Ｔ恤

ジーンズ／デニムパンツ

牛仔褲

ジャケット

夾克

皮ジャン
かわ

皮夾克

セーター

毛衣

コート

外套

水着 （みずぎ） 泳衣	スウェット 寬鬆長褲	パンツ 男性、兒童內褲

トランクス 男性非貼身四角褲	ブリーフ （男性傳統）白色內褲	下着 （したぎ） 內衣

ブラ／ブラジャー 胸罩	アンダーバスト 下胸圍	カップ 罩杯

ショーツ／パンティー*
女性內褲

Note

*「ショーツ」「パンティー」都是女性內褲，有什麼差別呢？根據「Wacoal」調查56%的人說「パンツ」；「ショーツ」是35%；「パンティー」則是7%。私底間聊中使用「パンツ」；去店買內褲時則說「ショーツ」；而「パンティー」則帶有一點性感的印象。

サイズ 尺寸	バスト 胸圍		肩幅 (かたはば) 肩寬	着丈 (きたけ) 衣長	袖丈 (そでたけ) 袖長
	仕上り寸 (しあがりすん) 穿上後尺寸	ヌード寸 (すん) 未穿衣時尺寸			
M	100	79 ～ 87	39	85	59
L	106	86 ～ 94	40	85	59

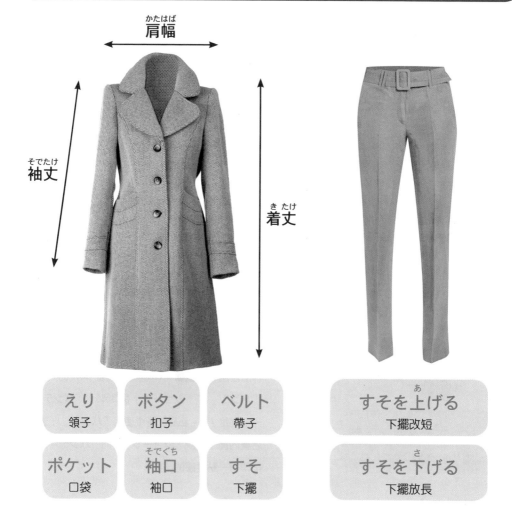

かたはば
肩幅

そでたけ
袖丈

きたけ
着丈

えり 領子	ボタン 扣子	ベルト 帶子	すそを上げる (あ) 下擺改短
ポケット 口袋	袖口 (そでぐち) 袖口	すそ 下擺	すそを下げる (さ) 下擺放長

 顔色

くろ
黒
黒色

あか
赤
紅色

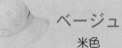
ベージュ
米色

きいろ
黄色
黄色

オレンジ色
橘色

ピンク色
粉紅色

くりいろ　ちゃいろ
栗色・茶色
栗子色、茶色

あお
青
藍色

みどりいろ
緑色
緑色

むらさき
紫
紫色

こんじき
金色
金色

ぎんいろ
銀色
銀色

しろ
白
白色

てついろ
鉄色
藍緑色

みずいろ
水色
水藍色

グレー・灰色
はいいろ
灰色

ライトグレー
亮灰色

シルバーグレイ
銀灰色

ねずみ色
いろ
鼠灰色

あんずいろ
杏色
杏黄色

はだいろ
肌色
膚色

靴
鞋子

 A これをはいてみてもいいですか。 (113)

 B はい、どうぞ。サイズはおいくつですか。

 A 28です。

 B お色は、黒とこげ茶がありますが、どちらをお試しに

なりますか。

 A そうですね、両方試してみてもいいですか。

 B かしこまりました。ただいま在庫を見てまいりますので、

少々お待ちください。

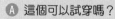

 B お待たせいたしました。いかがですか。

 A こげ茶の方にします。おいくらですか。

A 這個可以試穿嗎？

B 請。請問您穿幾號？

A 28號

B 這個有黑色和咖啡色，您要試哪一個？

A 嗯，可以兩個都試嗎？

B 我知道了，我現在去確認一下庫存，請稍等一下。

B 讓您久等了，怎麼樣？

A 我要咖啡色這個，多少錢？

句型 🎧 114

01 　〜てみても〜

（靴）履いてみてもいいですか。

● （鞋子）可以穿穿看嗎？

（アクセサリー）ちょっとつけてみてもいいですか。

● （飾品）可以戴戴看嗎？

着てみてもいいですか。

● （衣服）可以穿穿看嗎？

（帽子）ちょっとかぶってみてもいいですか。

● （帽子）可以戴戴看嗎？

旅遊小句

1
革靴（かわぐつ）／パンプス／ブーツ／サンダルを
探（さが）しているんですけど。

我要找皮鞋／女用淺底無帶皮鞋／靴子／涼鞋。

2
私（わたし）は足幅（あしはば）が狭（せま）い／広（ひろ）いんです。

我的腳型細長／寬。

3
つま先（さき）の幅（はば）がちょっと狭（せま）いです。

前方楦頭有點窄。

4
かかとがすれて痛（いた）いです。

會磨腳跟，很痛。

5
（靴（くつ））これは日本製（にほんせい）／皮製（かわせい）／本皮（ほんがわ）ですか。

那是日本製／皮製的／真皮嗎？

6
Ⓐ これは何（なん）の皮（かわ）ですか。
Ⓑ 牛革（ぎゅうかわ）／ヤギ皮（かわ）／ワニ皮（かわ）／ダチョウ皮（かわ）／合成皮革（ごうせいひかく）です。

A：那是什麼皮？
B：是牛皮／山羊皮／鱷魚皮／鴕鳥皮／合成皮。

7
もう少（すこ）しヒールの低（ひく）いものはありますか。

有沒有（鞋）跟低一點的？

8
プレゼント用（よう）に包装（ほうそう）してもらえますか。

能請你包裝成送禮用的嗎？

9	これを取り替えてもらえますか。	這個可以換嗎？
10	これはちょうどいいみたいです。	這件剛好（的樣子）。
11	これにします。	我要這個。

116 鞋子用語

サンダル
涼鞋

ハイヒール
高跟鞋

スリッパ
拖鞋

パンプス
女用無帶低跟皮鞋

ブーツ
馬靴

ローファー
無鞋帶皮鞋

スニーカー
運動鞋

長靴（ながぐつ）／雨靴（あまぐつ）
雨鞋

Part 5

食事
美食與娛樂

「美食」是旅行的樂趣之一，到日本旅行可以品嚐到正統的日本料理，像是深受國人喜愛的壽司就是其中之一。

即使對日本人來說，壽司店也是感覺很高級的地方。包括飲料在內，一個人消費金額最少要五千塊日幣以上。另外，壽司店不一定會有菜單，一般來說有套餐，也可以單點——套餐在中午的時候吃，晚上則大部分是單點居多。如果你要單點，可以坐在靠吧台的位子，方便直接點，如果點套餐就可以坐遠一點。

坐吧台時，要注意用餐禮儀不要喧嘩。有些店要拍照必須取得店家同意，避免影響他人用餐。

予約していないんですが、席はありますか。

申し訳ございません、ただいま満席となっておりますので、

しばらくお待ちいただけますか。

どのくらい待てばいいですか。

10分ほどでございますが。

じゃ、待ちます。

❈ ❈ ❈ ❈ ❈ ❈ ❈ ❈ ❈ ❈ ❈ ❈

お待たせいたしました。ご案内いたします。

こちらへどうぞ。

ありがとうございます。

Ⓐ 我沒有預約，請問有位子嗎？
Ⓑ 對不起，我們現在客滿，可以請您稍等一會兒嗎？
Ⓐ 要等多久？
Ⓑ 大概十分鐘左右。
Ⓐ 那我們等。

❈ ❈ ❈ ❈ ❈ ❈ ❈ ❈ ❈

Ⓑ 讓您久等了，我為您帶位。這邊請。
Ⓐ 謝謝。

句型 🎧118

01　〜　ようです。

そちらに空_あきがあるようですけど……。

那邊好像有空位。

このお店_{みせ}には、季節限定_{きせつげんてい}メニューがあるようです。

這家店似乎有季節限定菜單。

友達_{ともだち}がもうレストランに着_ついたようです。

朋友似乎已經到餐廳了。

このお店_{みせ}には、禁煙席_{きんえんせき}がないようです。

這家店似乎沒有非吸菸區。

旅遊小句 119

 預約餐廳

1 予約をお願いします。　　　　　　我要訂位。
よやく ねが

2 今晩、7時半に4人分の席をお願いします。
こんばん じはん にんぶん せき ねが

我要訂今天晚上七點半，四個人的位子。

3 A 正装は必要ですか。
せいそう ひつよう

B ジャケットだけ着ていただければ大丈夫です。
き だいじょうぶ

A：需要穿著正式服裝嗎？
B：穿夾克的話就可以。

4 申し訳ありませんが、30分ほど遅れます。
もう わけ ぶん おく

對不起，我會晚30分鐘到。

入座

5 A ふたりなんですが、席は空いていますか。
せき あ

B もうすぐお帰りのお客様がいらっしゃいますので、
かえ きゃくさま

すぐご用意できると思います。
ようい おも

A：我們有兩位，有位子嗎？
B：有客人就要離開了，可以馬上為您安排。

6 テラス席を予約しておきました。　　我訂了露台的位子。
せき よやく

7 通りに面した席／窓ぎわの席でお願い

します。

我們要面對街道的位子／靠窗邊的位子。

8 Ⓐ 待たせてもらってもいいですか。

Ⓑ ええ、どうぞ。こちらの席におかけなってお待ちください。

A：可以讓我們等等看嗎？

B：可以的，請您在此坐著稍候。

9 Ⓐ いつごろ席がとれますか。

Ⓑ 今混み合っていますので、はっきり申し上げかねます。

A：什麼時候能等到位子？

B：現在人很多，沒辦法確定。

10 Ⓐ 同伴者がすでに来ているんですが、

テーブルへ案内してもらえませんか。

Ⓑ はい。では、どうぞこちらへ。

A：我的同伴已經來了，麻煩你帶我到他那裡好嗎？

B：好的，這邊請。

11 Ⓐ 相席させていただけませんか。

Ⓑ ええ、どうぞ。

A：可以跟您併桌嗎？

B：好的。請。

8-2 注文する
點餐

會話 ①

輕食

 A すみません、（メニューを指<ruby>指<rt>さ</rt></ruby>して）

これとこれをください。

 B かしこまりました。

A これはどんな料理<rt>りょうり</rt>ですか。

B <ruby>当店<rt>とうてん</rt></ruby><ruby>自慢<rt>じまん</rt></ruby>の<ruby>魚貝類<rt>ぎょかいるい</rt></ruby>のサラダでございます。

 A じゃ、これもお願<rt>ねが</rt>いします。

B ありがとうございます。

<ruby>少々<rt>しょうしょう</rt></ruby>お待<rt>ま</rt>ちください。

A 不好意思，（指著菜單）我要這個跟這個。
B 好的。
A 這是什麼樣的料理？
B 這是本店自豪的魚貝類沙拉。
A 那……，我還要這個。
B 謝謝，請您稍等。

會話 ②

 A ご注文はお決まりですか。 (121)

 B 2800 円のコースでお願いします。

 A 他にご注文はよろしいですか。

 B とりあえずは以上です。

A 您決定好要點什麼了嗎？
B 我要點 2800 日圓的套餐。
A 其他還要點什麼嗎？
B 先這樣。

 會話 ③

(122)

速食

 A ハンバーガー 2 つとコーラの小を 2 つください。

 B ポテトはいかがですか。

 A けっこうです。

 B こちらで召し上がりますか、お持ち帰りですか。

 A ここで食べます。

A 我要兩個漢堡，還有兩杯小的可樂。
B 您需要薯條嗎？
A 不用了。
B 您要內用還是外帶？
A 在這裡用。

185

句型

01 ～ は ～ にします

デザートはアイスクリームにします。

點心選冰淇淋。

メインディッシュは魚(さかな)/ステーキにします。

主菜選魚/牛排。

前菜(ぜんさい)はエビサラダにします。

前菜選鮮蝦沙拉。

飲(の)み物(もの)は何(なに)にしますか。

飲料要選什麼呢？

旅遊小句 124

詢問菜單的內容

1 メニューを見せていただけますか。
請把菜單拿給我看看好嗎？

2 ちょっと待ってください。まだ決めていません。
稍等一下，我還沒決定。

3 おすすめ料理は何ですか。　　你們的推薦料理是什麼？

4 メインディッシュは何がいいでしょうか。
主菜點什麼好呢？

5 どんな飲み物がありますか。
你們有什麼飲料呢？

6 何か魚料理はありますか。
有些什麼魚料理嗎？

7 デザートは何がありますか。
有什麼點心？

8 それはどんなもの／味ですか。
那是什麼樣的料理／味道？

 點菜

9　すみません、注文したいんですが。
不好意思，我要點菜。

10　メインディッシュはビーフステーキにします。
主菜我要牛排。

11　ビールを一つお願いします。
來一杯啤酒。

12　ワインはグラスで注文できますか。
葡萄酒可以單杯叫嗎？

13　どんな飲み物がありますか。
你們有什麼飲料呢？

14　デザートは後で注文します。
點心，我過一會兒再點。

15　Ⓐ食後にコーヒーをお願いします。
　　Ⓑクリームと砂糖はお使いになりますか。
　　A1クリームだけでけっこうです。
　　A2両方入れます。
　　A3ブラックにしてください。

A：飯後請給我一杯咖啡。
B：請問您要加奶精和糖嗎？
A1：只要奶精就好。
A2：兩個都要。
A3：我要黑咖啡。

16 あの人と同じものをお願いします。

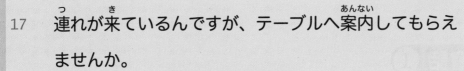

我想點跟那個人同樣的。

17 連れが来ているんですが、テーブルへ案内してもらえ

ませんか。

我的同伴已經來了，麻煩你帶我到他那裡好嗎？

 便利商店／麵包店

18 温めてもらえますか。　　　　　　　　可以幫我加熱嗎？

19 Ⓐ お弁当は温めますか。

Ⓑ1 結構です。

Ⓑ2 はい、お願いします。

A：您的便當需要加熱嗎？
B1：不用了。
B1：好的，麻煩你。

20 Ⓐ 賞味期限はいつですか。

Ⓑ これは今日中に食べてください。

A：食用期限到什麼時候？
B：這個請在今天之內吃完。

21 これは何日もちますか。　　　　　　　這個可以保存幾天？

食事する／お会計する
用餐／結帳

會話 ①

 A　すみません。ごはんのおかわりはできますか。 125

 B　はい、何膳お持ちいたしましょうか。

 A　私と、あと息子の分も。

 B　二膳ですね。ではお茶碗をお預かりいたします。

 A　お願いします。日本のご飯はおいしいですね。

 B　そうですか、ありがとうございます。

　　たくさんお召し上がりください。

A 請問飯可以續碗嗎？

B 可以的。您要幾碗？

A 我還有我兒子的份。

B 2碗，對吧？請給我您的飯碗。

A 麻煩你了。日本的米飯真好吃！

B 謝謝您，請您多吃一些。

會話 ②

 ^{かんじょう} ^{ねが}
お勘定をお願いします。 126

 1,250 ^{えん}円になりますが。

 このカードでいいですか。

 はい。……こちらにサインを^{ねが}お願いします。

Ⓐ 我要結帳。
Ⓑ 一共是 1,250 塊日幣。
Ⓐ 用這張信用卡可以嗎？
Ⓑ 可以的。……請在這裡簽名。

 會話 ③

 ^{さら}お皿をおさげしてもよろしいでしょうか。 127

 はい、お願いします。お料理、おいしかったです。

 おほめいただいて、ありがとうございます。デザート
などの^{ちゅうもん}ご注文はいかがでしょうか。

 では、モンブランをいただけますか。

Ⓐ 盤子可以幫您收掉了嗎？
Ⓑ 好的。料理很好吃。
Ⓐ 很高興您喜歡。您需要甜點嗎？
Ⓑ 啊，那我要蒙布朗。

句型 🎧 128

01 ～V ながら～

雰囲気を味わいながらコーヒーを飲みます。

邊享受氣氛邊喝咖啡。

タバコを吸いながら食事します。

邊抽菸邊吃飯。

ごはんを食べながらおしゃべりします。

邊吃飯邊聊。

景色を眺めながらお食事を楽しめます。

邊看風景邊享用餐點。

旅遊小句 129

👤 用餐

1 お水をいただけませんか。
給我一杯水好嗎？

2 箸を落としてしまったので別のをいただけますか。
我把筷子掉在地上了，幫我換雙筷子好嗎？

3 しょう油を取っていただけますか。（他のお客に）
麻煩您把醬油遞給我好嗎？（對其他的客人說）

4 胡椒をいただけますか。（ウェイターに）
請你拿胡椒過來好嗎？（對服務生說）

5 もう一度メニューを見せていただけますか。
再給我看一下菜單好嗎？

6 これは注文していません。　　　　　　我沒有點這個。

7 これは注文したものと違うんですが。　這和我點的不一樣。

8 サラダがまだ来ていません。　　　　　沙拉還沒上。

9 かなり前に注文したんですが。　　　　我很早就點了。

Unit
8
レストラン
8-3 食事する／お会計する

| 10 | ここでタバコを吸（す）ってもいいですか。 | 這裡可以抽菸嗎？ |

| 11 | 火（ひ）を貸（か）していただけますか。 | 可以借個火嗎？ |

12 Ⓐ すみません、これを持（も）ち帰（かえ）りたいんですが。

Ⓑ はい、かしこまりました。

A：不好意思，這個我要帶走。
B：好的。

13 Ⓐ このワインはとてもおいしいですね。どこで買（か）えますか。

Ⓑ 当店（とうてん）でも販売（はんばい）しておりますが……。

A：這個酒很好喝，請問在哪裡可以買得到？
B：（這個）本店也有販售。

結帳

| 14 | 税込（ぜいこ）みですか。／これは税込（ぜいこみ）のお値段（ねだん）ですか。 |
| | 含稅嗎？／這是含稅價嗎？ |

| 15 | サービス料（りょう）は含（ふく）まれていますか。 | 服務費包含在內嗎？ |

| 16 | お勘定（かんじょう）は別々（べつべつ）にしてください。 | 結帳請分開算 |

| 17 | 私（わたし）の分（ぶん）はいくらですか。 | 我的部分是多少錢？ |

ほんかくてき
本格的
道地的

かいせきりょうり
懐石料理
懐石料理

て　　　　ねだん
手ごろな値段
合理價格

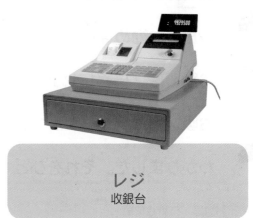

レジ
收銀台

おつり
找回的錢

195

日本料理
日本料理

❾-❶ すし屋で
壽司店

 Ⓐ すみません、メニュー＊をお願^{ねが}いします。

 Ⓑ はい、どうぞ。

 Ⓐ このセットはどういう内容^{ないよう}ですか。

 Ⓑ お刺身^{さしみ}が３種類^{しゅるい}とにぎりが６個^こついてきます。

 Ⓐ 今日^{きょう}のお勧^{すす}めは何^{なん}ですか。

 Ⓑ お勧^{すす}めは「桜寿^{さくらす}しセット」です。ちらしに、

お吸^すい物^{もの}とフルーツがついています。

 Ⓐ わかりました。それをひとつお願^{ねが}いします。

Ⓐ 不好意思，請給我菜單。

Ⓑ 好的。

Ⓐ 這個套餐的內容是什麼？

Ⓑ 有三種生魚片以及六個握壽司。

Ⓐ 今天的特餐是什麼？

Ⓑ 特餐是「櫻壽司套餐」，包含散壽司、湯、水果。

Ⓐ 我知道了，我要一客那個。

 Note ＊「菜單」這個詞，在日本一般餐廳用「メニュー」，但
壽司店或日式料理店有一專用語，稱為「お品書^{しながき}き」。

句型 132

01 〜 ほうがいい

握り寿司のしゃり（ご飯）は少な目のほうがいいです。

握壽司的飯少一點比較好。

カウンター席よりテーブル席のほうがいいんですが。

桌位比吧檯座位好。

あまり熱すぎないお茶のほうがいいので、

お水を少し入れてもらえますか。

不要過熱的茶比較好，所以麻煩你倒一點水。

かにが多く食べられるほうがいいんですが、

どのメニューがおすすめですか。

我想要吃多一些螃蟹，請問您推薦哪個餐點？

旅遊小句 (133)

1
営業中ですか。

營業中嗎？

2
テーブル席／カウンター席に座れますか。

桌位／櫃檯位可以坐嗎？

3
どこで注文するんですか。

在哪兒點菜呢？

4
前払い（先払い）／後払い*ですか。

是先付錢／後付錢嗎？

5
注文の仕方がよくわからないので、

メニューを見せてくれませんか。

我不太知道點菜的方法，請給我看菜單好嗎？

6
Ⓐ お勧めは何ですか。

Ⓑ 今、北海道産のブリが旬です。

A：有什麼推薦的嗎？

B：現在北海道的鰤魚正是時候。

7
セットには飲み物がついていますか。

套餐中包含飲料嗎？

8
あがり（お茶）のおかわりをお願いします。

麻煩再來一杯茶。

9　わさび抜きでお願いします。

麻煩不要芥末。

10　子どもはお刺身が少し苦手なんですが、

どれを注文すればいいですか。

小朋友不太能吃生魚片，請問點什麼好呢？

11　お吸い物をいただきたいんですが。

我想要喝湯。

12　おあいそ（お会計）お願いします。　　結帳。

13　おいしかったです、ごちそうさまでした。

很美味，謝謝您的款待。

　＊「先に食券を買うんですか。（要先買餐券嗎？）如果是一些牛丼連鎖店的話，必須先買

餐券。

壽司用語

ガリ しょうが（薑）	**サビ** わさび（芥末）

ムラサキ 醤油^{しょうゆ}（醬油）	**アガリ** お茶^{ちゃ}（茶）	**シャリ** すしご飯（壽司飯）

ネタ 壽司的食材	**ギョク** たまご（蛋）	**クサ** のり（海苔）

光り物 ひか　もの 亮皮魚。如：さば（鯖魚）、あじ（竹筴魚）…。	**カタオモイ** あわび（鮑魚）

かっぱ
小黄瓜細巻壽司

<ruby>鉄火<rt>てっか</rt></ruby>
鮪魚細巻壽司

<ruby>1 貫<rt>いっかん</rt></ruby>
2個壽司

<ruby>醤油<rt>しょうゆ</rt></ruby>をつける
沾醬油。

おしぼり
擦手濕毛巾

<ruby>割り箸<rt>わ　ばし</rt></ruby>
衛生筷

おかゆ
稀飯

<ruby>味噌汁<rt>み　そ　しる</rt></ruby>
味噌湯

<ruby>焼き魚<rt>や　ざかな</rt></ruby>
烤魚；煎魚

だし
湯頭

<ruby>卵焼き<rt>たまご や</rt></ruby>*
煎蛋

Note

＊「ゆで<ruby>卵<rt>たまご</rt></ruby>」：水煮蛋。
「<ruby>目玉焼き<rt>め だま や</rt></ruby>」：荷包蛋。
オムレツ：蛋包飯。

201

鉄板焼き屋で
鐵板燒店

會話 ①

A：こちらのステーキの焼き加減^{や　か げん}は、いかがなさいますか。 ¹³⁵

B：ミディアムでお願^{ねが}いします。

A：かしこまりました。胡椒^{こ しょう}をおかけしてもよろしいでしょうか。

B：胡椒^{こ しょう}は少なくしてください。

A：少^{すく}なめですね。わかりました。。

A 您的牛排要幾分熟？
b 半熟！
A 好的。您要加胡椒嗎？
B 胡椒一些就好。
A 少一些，對吧？我知道了。

 こちらはもやし炒^{いた}めでございます。

こちらの豚肉^{ぶたにく}とご一緒^{いっしょ}にお召^めし上^あがりください。

あ、おいしそうですね。何^{なに}かタレをつけて食^たべるんですか。

お手元^{てもと}のタレを少^{すこ}しつけてもよろしいですが、すでに

お肉^{にく}に味^{あじ}がついていますので、そのままでも結構^{けっこう}です。

そうですか、ではまずは何^{なに}もつけないで食^たべてみます。

Ⓐ 這是炒豆芽，請您和豬肉一些享用。	Ⓐ 您可以沾手邊的沾醬，或是直接吃
Ⓑ 好好吃的樣子。要沾什麼醬吃呢？	也可以，因為肉本身已有味道。
	Ⓑ 這樣啊！那我先試試不沾醬吃。

このサイコロステーキは、どうやって食^たべればいい

ですか。

お手元^{てもと}の粗塩^{あらじお}か柚子^{ゆず}こしょうとご一緒^{いっしょ}に

お召^めし上^あがりください。

…ん、これはいけますね。

Ⓐ 這個（方塊）牛排要怎麼吃呢？	Ⓐ ……這個好吃。
Ⓑ 您可以沾手邊的粗鹽或是柚子胡椒。	

01 　～して　おく

味付けの塩胡椒は少なめにしておいてください。

調味胡椒鹽放少一些。

大きい荷物がありますので、食べる間レジで預かっておいていただけませんか。

我有大的行李，吃東西的時候東西可以寄放在收銀台那邊嗎？

少し熱いので、お皿の上で冷ましておいてから食べるつもりです。

有點燙，放在盤子上涼了之後再吃。

お肉はサイコロ状に切っておいてください。

肉請先切成方塊狀。

旅遊小句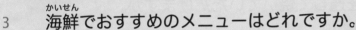

1 コースではなく単品で注文したいんです。
たんぴん ちゅうもん
我不要點套餐，要單點。

2 このステーキは神戸牛／松坂牛ですか。
こう べ ぎゅう まつざかぎゅう
這個牛排是神戶牛／松坂牛嗎？

3 海鮮でおすすめのメニューはどれですか。
かいせん
哪個是主廚推薦的海鮮菜單？

4 野菜をたくさん食べたいんですが＊、
や さい た
どれを注文すればいいですか。
ちゅうもん
我想多吃些蔬菜，要點哪個（套餐）好呢？

5 この料理は塩とたれ、どちらで食べたほうがいいですか。
りょう り しお た
這道要沾鹽還是沾醬吃好呢？

6 焼き加減はレア／ミディアム／ウェルダンでお願いします。
や かげん ねが
煎三分熟／半熟／全熟。

7 前の料理がまだ食べ終わっていないので、
まえ りょうり た お
次の料理は少しゆっくり焼いてください。
つぎ りょうり すこ や
前面的餐點還沒吃完，接下來的請煎慢一些。

Note
＊鐵板燒店，不是只有可以吃到煎炒的肉品、蔬菜，也可以吃到「お好み焼き」（大阪燒）、
この や
「モダン焼き」（加了麵的大阪燒）、「ガーリックライス」（大蒜胡椒炒飯）等等多樣
や
的餐點。

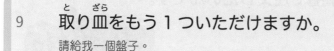

8　ソフトドリンクは何<ruby>何<rt>なに</rt></ruby>がありますか。

有什麼清涼飲料呢？

9　<ruby>取<rt>と</rt></ruby>り<ruby>皿<rt>ざら</rt></ruby>をもう１ついただけますか。

請給我一個盤子。

10　すみません、<ruby>子<rt>こ</rt></ruby>どもが<ruby>食<rt>た</rt></ruby>べますので、
　　もう<ruby>少<rt>すこ</rt></ruby>し<ruby>火<rt>ひ</rt></ruby>を<ruby>通<rt>とお</rt></ruby>して<ruby>焼<rt>や</rt></ruby>いていただけますか。

不好意思，小朋友要吃的，請煎熟一點。

11　<ruby>食<rt>た</rt></ruby>べやすいように、<ruby>細<rt>こま</rt></ruby>かく<ruby>切<rt>き</rt></ruby>っていただけますか。

請切細一點，才好入口。

12　ネットで<ruby>見<rt>み</rt></ruby>た「<ruby>春<rt>はる</rt></ruby>のランチコース」をいただきたいんですが。

我想要吃網路上看到的「春享午宴套餐」。

13　このお<ruby>肉<rt>にく</rt></ruby>は<ruby>柔<rt>やわ</rt></ruby>らかくて<ruby>食<rt>た</rt></ruby>べやすいですね。

這個肉很嫩，容易入口。

14　カウンターは<ruby>子<rt>こ</rt></ruby>どもが<ruby>座<rt>すわ</rt></ruby>りにくいので、
　　テーブル<ruby>席<rt>せき</rt></ruby>をお<ruby>願<rt>ねが</rt></ruby>いします。

吧檯小朋友不好坐，請給我有桌子的座位。

15　このお<ruby>箸<rt>はし</rt></ruby>だとつかみにくいので、
　　<ruby>割<rt>わ</rt></ruby>りばしを１つもらいたいんですが。

這個筷子不好夾，請給我一雙衛生筷好嗎？

そば
蕎麥麵

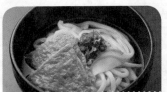

うどん
烏龍麵

うなぎ
鰻魚

焼き鳥・焼肉
雞肉燒烤、肉類燒烤

とんかつ
炸豬排

串揚げ
炸物

天ぷら
天麩羅

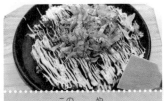

お好み焼き
日式煎餅

もんじゃ焼き
文字煎

しゃぶしゃぶ
涮涮鍋

鍋
火鍋

すき焼き
壽喜燒

Part 6

帰国／その他

回國及其他

　　許多旅客在回國時，行李通常會比較多，日本的地鐵多半沒有手扶梯，將大包小包的行李搬上搬下，可能會有些辛苦。所以回程可以利用機場巴士，輕鬆地攜帶行李到機場。但是必須注意，利用機場巴士比較無法掌握時間，旅客必須將可能碰到的塞車時間算進去，以免趕不上飛機。

　　回國之前可以利用郵局將一些購買的戰利品，或是飯店服務台也可以協助您郵寄信件和包裹。日本單件包裹重量最高可達 20 公斤。包裹的內容和單件包裹尺寸的限制，則因收件國家會有所不同。

　　出國旅行，最常碰到的意外就是遺失物品，以及與同伴走散。如果是物品遺忘在車站或者其他公共場所，可以到站長室或就近的派出所尋求協助。

　　如果生病或發生緊急情況時，撥「110」、「119」可以直接使用公用電話，無須投入硬幣或使用電話卡。東京都的醫療詢問電話是 (03)5285-8181（有英語、中文、韓語、泰語和西班牙語服務）。

10-1 空港に着く前に
抵達機場前

會話 ①

變更航班

A 東京から台北までの日時を変更したいんですが。

B ご出発はいつになさいますか。

A 早ければ早いほどいいんですが。

B 明日ではいかがでしょう（か）。午前 10 時 30 分の便が

あります。

A それでけっこうです。

B お乗りになる便は CA921 便です。

遅くとも 8 時 30 分までには空港にご到着ください。

A 我想更改一張從東京到台北的機票。

B 什麼時候出發？

A 越早越好。

B 明天可以嗎？上午 10 點 30 分有一班飛機。

A 好，就那班。

B 您的班機號碼是 CA921。請您最遲在
8 點 30 分以前到達機場。

會話 ②

前往機場交通

 (A) すみません、このホテルの近くに空港行きのバスは

ありますか。

 (B) はい、ございます。

 (A) 明日午後２時の飛行機に乗るんですが、

何時のバスに乗ればいいでしょう（か）。

 (B) 10時のバスをご利用になるのがよろしいかと存じますが。

(A) ありがとうございました。

(A) 請問這家飯店的附近有沒有機場巴士？
(B) 有的。
(A) 我要坐明天下午二點的飛機，
　　請問我坐幾點的巴士好呢？
(B) 您可以坐十點的巴士。
(A) 謝謝。

01 ～ 前に～

大切な荷物を送る前に、ご確認ください。

寄送重要行李之前請確認。

飛行機に乗る前に時間があるので、免税店をのぞいてみませんか。

搭機之前還有時間，要不要去逛個免稅店？

出発する前に、忘れ物がないかもう一度確認してください。

出發之前請再確認一次是否有忘了東西。

空港へ向かう前にご出発のターミナルを確認してください。

到機場之前請確認出發的航廈。

旅遊小句 🎧144

🦉 航班確認

1
Ⓐ 予約の再確認／リコンファームが必要ですか。
Ⓑ いいえ、特に再確認の必要はございません。

A：需要再確認機位嗎？
B：不，不需要特別再確認。

2
予約の変更／キャンセル待ちをお願いしたいんですが。
我要改變一下預約／等後補。

3
予約を取り消したいんですが。　　我要取消預約。

4
10月4日の便を取り消して、
代わりに21日の便を予約していただきたいんです。
我想取消十月四號的班機，改訂21日的班機。

🦉 前往機場交通

5
Ⓐ リムジンバスはホテルの近くに止まりますか。
Ⓑ 向かいのワシントンホテルの前に専用の
バス停がございます。

A：機場巴士有停在飯店附近嗎？
B：對面的華盛頓飯店前面有專用的巴士站。

213

6 Ⓐ 遅くとも何時のバスに乗らなくては

なりませんか。

Ⓑ 午前 10 時までには、お乗りになった方が

よろしいと思います。

A：最遲幾點就得坐上巴士呢？

B：上午 10 點之前搭車應該就可以了。

7 Ⓐ 空港へ行くバスの停留所はどこですか。

Ⓑ この近くでは、新宿駅西口でございます。

A：去機場的巴士站在哪裡？

B：這附近的話是在新宿站西口。

8 Ⓐ バスで空港まで行くのに、時間はどのくらいかかりますか。

Ⓑ 渋滞がなければ、4、50 分でつきますが…。

A：坐巴士到機場需要多少時間呢？

B：沒有塞車的話，4、50 分鐘就會到。

9 Ⓐ タクシーで空港まで行くのに、いくらくらいかかり

ますか。

Ⓑ 道路状況によりますが、スムーズに行けば 3000 円弱だ

と思います。

A：坐計程車到機場要多少錢呢？

B：依道路狀況而定，但是順暢的話，大約 3000 塊日幣左右。

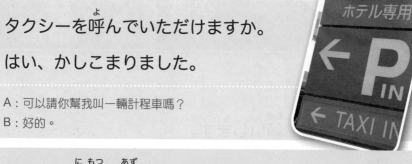

10 Ⓐ タクシーを呼んでいただけますか。

Ⓑ はい、かしこまりました。

A：可以請你幫我叫一輛計程車嗎？
B：好的。

11 これらの荷物を預けたいんですが。

我想要托運這些行李。

空港で
在機場

145

A チェックインをお願いします。

B 航空券とパスポートをお願いします。

A はい、こちらです。

B お預けになるお荷物はおいくつですか。

A １つです。

B こちらにお荷物を載せてください。

A はい。

B お待たせいたしました。こちらが搭乗券とパスポートです。

お荷物の控えはこちらの搭乗券に貼ってあります。

A わかりました。

A 我要辦登機手續。
B 請給我您的機票及護照。
A 好的，這裡。
B 請問您要寄的行李有幾件？
A 一件。
B 請將行李放在這上面。
A 好。
B 讓您久等了，這是您的登機證以及護照。行李的存根貼在這個登機證上。
A 我知道了。

句型 🎧146

01 疑問詞 〜 んですか。

どうして遅(お)れているんですか。
為什麼會延遲？

どうしてまだ搭乗(とうじょう)できないんですか。
為什麼還不能登機呢？

どのくらい待(ま)つんですか。
要等多久？

いつ搭乗(とうじょう)できるんですか。
什麼時候可以登機？

旅遊小句 🎧 147

登機等手續

1　荷物はどこに預けるんですか。
にもつ　　　　　　あず
行李要在哪裡托運？

2　規定重量を超過していますか。
きていじゅうりょう　ちょうか
有超重嗎？

3　荷物の預かり札をいただけますか。
にもつ　　あず　　ふだ
可以給我一張保管單嗎？

4　出発は定刻どおりですか。
しゅっぱつ　ていこく
會準時起飛嗎？

5　便は遅れるんですか。
びん　おく
飛機會誤點嗎？

6　何時になりますか。
なんじ
會誤點到什麼時候呢？

7　310便は欠航になりそうですか。
びん　けっこう
310航班要停飛嗎？

8　どうして遅れているんですか。
おく
為什麼誤點？

9　310便はどのくらい遅れますか。
びん　　　　　　　おく
310航班飛機會誤點多久呢？

10 台北^{たいぺい}には定刻^{ていこく}どおりの到着^{とうちゃく}ですか。

會準時抵達台北嗎？

11 これらの物^{もの}も申告^{しんこく}しなくては

なりませんか。

這些東西也要申報嗎？

12 これは機内^{きない}に持^もち込^こむことができますか。

這個可以帶上機嗎？

 免税店

13 それを３つ買^かっても免税限度^{めんぜいげんど}を超^こえませんか。

那個我買三個會不會超過免稅限額？

14 この香水^{こうすい}を取^とり替^かえたいんです。
違^{ちが}うブランドのものを買^かってしまっ

たもので…。

我想換一下這個香水，我買錯牌子了。

郵便
郵寄

 この小包を台湾に送りたいんですが。

 航空便ですか、それとも船便ですか。

 航空便でお願いします。

 中身はなんですか。

 本と衣類です。時間はどのくらいかかりますか。

 普通航空便で4、5日です。

A 我想要寄這個包裹到台灣。

B 您要空運，還是海運？

A 我要空運。

B 包裹裡面是什麼？

A 是書和衣服。請問需要多久的時間？

B 普通航空大概要四、五天的時間。

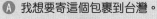

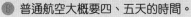

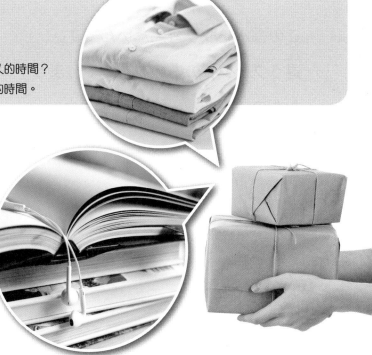

句型 🎧_149_

01 〜 だと〜

こうくうびん
航空便だと、いくらかかりますか。

船運要多少錢？

ふなびん　　　　　　にっすう
船便だと、日数はどのくらいかかりますか。

船運要幾天？

EMSだと、いつ届きますか。
　　　　　　　　とど

用 EMS 寄的話什麼時候會到？

　　　　　　　　びん　　　　にちよう び　　　　とど
エクスプレス便だと、日曜日までに届きますか。

Express 的話，星期日之前會到嗎？

旅遊小句

1
たいわん えはがき だ
台湾へ絵葉書を出したいんですが。
我要寄明信片到台灣。

2
ふなびん
船便だといくらですか。
寄海運要多少錢？

3
そくたつ かきとめ ねが
速達／書留でお願いします。
我要寄限時／掛號。

4
ゆうびんりょうきん
郵便料金はいくらですか。
郵資多少？

5
ふなびん にっすう
船便／EMSだと、日数はどのくらいかかり

ますか。
如果寄海運／EMS的話，需要多少天？

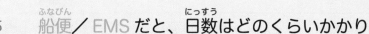

6
てがみ どうふう
手紙を同封してもいいですか。
包裹裡可以附信件嗎？

7
こ づつみ ほうそう
この小包はどこで包装してもらえばいいん

ですか。
這個包裹要在哪裡包裝呢？

8 　 どこに切手を貼るんですか。

郵票要貼在哪裡？

回國之前，可以將某些行李用郵寄的，

以免行李超重。

トラブル

麻煩困擾

11-1 紛失／盗難

遺失／遭搶

 バッグをなくしてしまいました。

 どんなバッグですか。

 ^{ちゃいろ}茶色で、^{かわせい}革製のバッグです。

 ^{なに}何が^{はい}入っていますか。

 ^{さい ふ}財布やパスポートなどです。

 そうですか、わかりました。ではこの^{しょるい}書類に^{き にゅう}記入して

ください。

Ⓐ 我的包包不見了。

Ⓑ 是什麼樣的包包呢？

Ⓐ 是啡咖色、皮製的包包。

Ⓑ 裡面有什麼？

Ⓐ 有錢包和護照。

Ⓑ 好的，我知道了，請您在這裡登記一下。

句型 🎧152

01 ～て しまう

どこかに財布を置き忘れてしまいました。

錢包不知忘在哪裡了。

デパート*でバック／パスポートを失くしてしまいました。

在百貨公司遺失了包包／護照。

パスポートを紛失してしまった場合、どうすればいい

ですか。*

遺失護照的話，該怎麼辦才好？

お金を盗まれてしまいました。

錢被偷了。

Note

*其他大型商場還有：アウトレットモール（暢貨中心）；ディスカウントショップ（廉價商
店）。

*護照遺失得跟「駐日経済文化代表処」連絡。

旅遊小句

🐼 遺失

1　遺失物センター／お忘れ物センターは
どこですか。
失物招領處在哪裡？

2　タクシーに／どこかにパスポートを忘れてしまったん
です。
我把護照忘在計程車裡了／不知忘在哪了。

3　タクシー番号は覚えていません。
我不記得計程車車號了。

4　1 時間ほど前にそちらの料理店に財布を忘れてしまい
ました。赤い財布なんですが。
大約一個小時以前，我把錢包忘在你們餐廳裡了，是個紅色皮包。

5　どこに忘れたのかよく覚えていないんです。
我不太記得忘在哪裡了。

6　見つかったら、保管しておいていただけますか。
找到了的話，幫我收起來好嗎？

7　警察へ連れていってください。　　請帶我到警察局去。

遭搶

8　財布を盗まれました。
さいふ　ぬす
我的錢包被偷走了。

9　バッグをひったくられました。
我的包包被搶了。

10　警察に届けたいんですが。
けいさつ　とど
我要向警察報案。

11　ハンドバッグの中にはパスポートや小切手、
なか　　　　　　　　　　　こぎって
現金が入っていました。
げんきん　はい
手提包裡有護照、支票和現金。

12　10分前のことです。
ぶんまえ
十分鐘之前的事情。

病院・病気・けが
醫院／生病／受傷

 會話 ①

A どうしましたか。

B 体がだるくて、頭がガンガン痛いんです。

A 今の体温は 38 度 5 分ですね。いつから熱が出たんですか。

B ゆうべからです。

A はい、では大きく息を吸って……止めて……吐いてください。

B 大丈夫でしょうか。

A そうですね。これは軽いかぜです。薬を 4、5 日服用して

ください。

Ⓐ 您怎麼了？

Ⓑ 全身酸痛，頭痛得不得了。

Ⓐ 您現在的體溫是 38.5 度。什麼時候開始發燒的？

Ⓑ 晚天晚上。

Ⓐ 好的。請吸氣……憋氣……吐氣。

Ⓑ 有沒有關係？

Ⓐ 是輕微的感冒，你要吃四、五天的藥。

會話 ②

在藥局

この処方箋の薬をお願いします。
（しょほうせん　くすり　ねが）

はい。……では１日３回、食後に
（にち　かい　しょく ご）

この薬を飲んでください。
（くすり　の）

はい、わかりました。

A 請給我這個處方箋上的藥。
B 好的。這個藥一天三餐飯後吃。
A 好的。

會話 ③

在藥局

どこが痛みますか。
（いた）

ここ／足首を捻挫してしまったようです。
（あしくび）（ねんざ）

すごく痛いんです。
（いた）

レントゲンを取る必要があります。
（と）（ひつよう）

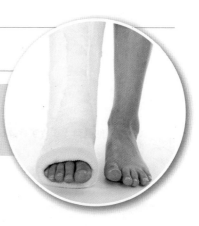

A 哪裡受傷嗎？
B 這裡／腳踝扭到了，非常痛。
A 需要照Ｘ光。

Part 6

Unit 11

トラブル

11-2　病院・病気・けが

229

01 ～擬態語 ＋する

あたま
頭がガンガン＊します／くらくらしています。

頭痛欲裂／頭昏昏的。

さむけ　　　　　　　　　　　　　　　　　　　かぜ
寒気がしてぞくぞくします。風邪をひいたかもしれません。

畏寒身子發冷，可能感冒了。

あさ　　　　　　　い
きのうの朝からずっと胃がむかむかしています。

從昨天早上開始胃就悶悶地不舒服。

かお　　　　　　　　いた
顔がひりひりして痛いです。

臉火辣辣地痛。

いた　　　　　　　　　　　　　　　　　　　　いた
Note ＊其他還有「ずきずき痛い」（一跳一跳的痛）、「ちくちく痛い」（刺刺地痛）。

旅遊小句 157

1 きゅうきゅうしゃ（救急車）を呼んでください。
請叫一輛救護車來。

2 助けてください。　　　救命！

3 手伝ってください。　　　請幫助我。

4 かなり具合が悪いんで、病院へ連れていってください。
我身體很不舒服，請你帶我去醫院。

5 Ⓐ どうしましたか。
Ⓑ 胃／お腹／頭／胸がひどく痛いんです。

A：你怎麼了？
B：我的胃／肚子／頭／胸部很痛。

6 風邪気味です。　　　我有點感冒。

7 下痢をしています。
我拉肚子。

8 吐き気／めまいがします。
我想吐／頭暈。

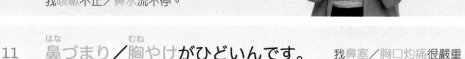

9 ちょっと熱があります。
我有點發燒。

10 せき／鼻水が止まりません。
我咳嗽不止／鼻水流不停。

11 鼻づまり／胸やけがひどいんです。
我鼻塞／胸口灼痛很嚴重。

12 この5日間ずっと便秘なんです。
我已經便秘五天了。

13 消化不良／頭痛にきく薬が欲しいん
です。
我想買消化不良／頭痛的藥。

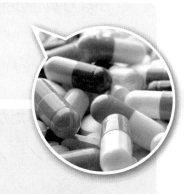

14 ペニシリン／鎮痛剤アレルギーが
あります。
我對盤尼西林／止痛劑過敏。

15 ひどいけがをしています。
我受重傷了。

16 ここがかなりはれています。
這裡腫得很厲害。

17 旅行を続けられますか。
我還可以繼續旅行嗎？

 醫療人員

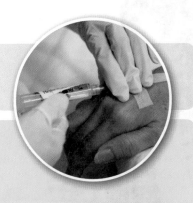

18
この病院は初めてですか。
您是第一次到這家醫院嗎？

19
この表に必要なことを記入して
ください。
請在這個表格上填寫必要的資料。

20
初診の受付はあちらのカウンターです。
初診掛號是那邊的櫃檯。

21
健康保険証をお持ちですか。
您有健康保險卡嗎？

22
保険証をお持ちでないと自費診療になります。
沒有健保卡的話，必須自費。

23
お名前が呼ばれるまで、ここで待っていてください。
叫到您之前，請在此等候。

24
待っている間に、気分が悪くなったら、
すぐ申し出てください。
等候期間，如果不舒服，請立刻提出來。

附錄 **基本用語**

基本用語

01 あいさつ　打招呼

 日常招呼語

| 1 | おはようございます。 | 早安。 |

| 2 | こんにちは。 | 你好！／午安。 |

| 3 | こんばんは。 | 你好！／晚安。 |

4
Ⓐ お元気ですか。

Ⓑ おかげさまで。そちらもお元気ですか？

A1 私も元気ですよ。

A2 まあまあです。

A3 まあ、なんとか。

A4 あまり気分がよくないんです。

A：你好嗎？
B：托你的福，我很好。你呢？
A1：我也很好。你呢？
A2：還好。
A3：嗯，還過得去。
A4：我覺得有點不舒服。

5 Ⓐ 調子(ちょうし)はどうですか。

Ⓑ 元気(げんき)です。吉本(よしもと)さんはいかがですか。

Ⓐ 私(わたし)も元気(げんき)です。どうも。

A：（最近）你身體好嗎？
B：很好。吉本先生，你呢？
A：我也很好。謝謝。

 正式見面時

6 Ⓐ はじめまして、森田(もりた)です。

Ⓑ 佐伯(さえき)です。よろしくお願(ねが)いします。

A：您好！敝姓森田。
B：我是佐伯，請多多指教。

7 お目(め)にかかれてうれしいです。

很高興能見到您。（第一次見面時）

8 自己紹介(じこしょうかい)させていただきます。

私(わたし)は江恵美(こうえみ)と申(もう)します。

容我來自我介紹，我是江恵美。

9 またお会(あ)いできてうれしいです。

很高興能再與您見面。（見面兩次以上時）

分離時的招呼語

| 10 | さようなら。 | 再見！ |

| 11 | おやすみなさい。 | 晚安！（晚上最後一次見面時） |

| 12 | じゃ、またね。 | 再會。 |

| 13 | それでは、また来週／明日ね。 | 那麼，下禮拜／明天見！ |

| 14 | よい週末をお過ごしください。 | 祝您有個愉快的週末！ |

| 15 | 良い旅になりますように。 | 祝您旅途愉快！ |

| 16 | お気をつけて。 | 小心。 |

| 17 | がんばってね。 | 加油哦！ |

| 18 | お元気で。 | 保重。 |

| 19 | そろそろ失礼します。
差不多該告辭了。 |

| 20 | Ⓐ ちょっと寄るところがあるんです。
Ⓑ そうなの、じゃ、気をつけてね。 |

A: 我要去一個地方。
B: 這樣啊？路上小心！（對方要出發時）

あいづち　搭腔

 一般的搭腔

1　なるほど／そうですか、わかりました。
原來如此／這樣啊，我明白了。

2　そう思^{おも}います。／そう思^{おも}いません。
我認為如此。／我不認為如此。

3　そのとおりです。
就如你所說的（那麼一回事）。

4　それは知^しりませんでした。
是嗎？我都不知道。

5　いいですね。／すごいですね。／すばらしいですね。
真好！／真是厲害！／太棒了！

6　信^{しん}じられません。
真難以置信！

7　それは大変^{たいへん}ですね。
那可不得了。

8　そうだといいですね。
但願如此啊。

9　もちろん。
當然。

10　たぶんそうでしょう。
我想大概是那樣的。

| 11 | おもしろそうですね。 | 好像很有趣啊。 |

 對情況不了解時

| 12 | 知りません。／わかりません。 | 我不知道。 |

| 13 | はっきりとはわかりません。 | 我不能確定。 |

| 14 | たぶんそうではないと思います。 | 我想大概不是那樣。 |

| 15 | （よく）覚えていません。 | 我記不（太）清楚了。 |

 事情說不清楚時

| 16 | 何と言ったらいいんでしょうか。
應該怎麼說才好呢？ | |

| 17 | 日本語での言い方がわからないんですが。
我不知道用日本話怎麼說。 | |

| 18 | 正しい言い方がわかりませんが。 | 正確的說法我不知道。 |

| 19 | どう説明したらいいんでしょう。 | 我該怎麼說明好呢？ |

| 20 | 私の言うことがわかりますか。 | 你明白我講的話嗎？ |

21 そんなつもりで言ったんじゃありません。

我說的並不是那種意思。

22 誤解しないでください。

請您不要誤會。

23 私の日本語でもわかりますか。

我的日文太糟，你能聽懂嗎？

 強調時

24 確かです。

真的

25 きっとそうでしょう。

一定是那樣。

26 それは無理です。

那是辦不到的。（那是不可能的。）

 停頓時

27 ええと……。

嗯，……。

28 そうですねえ……。

這個……。

03 　感謝と謝罪　感謝及道歉

 感謝

1 🅐 これはクリスマスのプレゼントです。どうぞ。

🅑 まあ、うれしい！！。ありがとう（ございます）。

🅐 気に入ってもらえてよかったです。

A：這是聖誕禮物，請收下。
B：啊，真高興，謝謝你。
A：很高興你喜歡。

2 どうもありがとうございます。
非常感謝您。

3 ご親切にありがとうございます。
多謝您那麼親切！

4 とても感謝しております。
深深地感謝您！

5 いろいろありがとうございました。　承蒙您多費心了。

6 楽しく過ごさせていただきました。　我過得很愉快。

7 お話できて嬉しかったです。　我真的很高興能跟和您談話。

241

| 8 | とても楽^{たの}しかったです。 | 快樂極了。 |

8 とても楽しかったです。 快樂極了。

9 教えていただき、ありがとうございます。
謝謝您告訴我。

10 来てくれてありがとう。 謝謝你過來一趟。

11 どういたしまして。
不客氣。

道歉

12 失礼いたしました。 對不起。

13 申し訳ありません。 很抱歉。

14 すみません。 對不起。

15 本当に申し訳ありません。 真的對不起。

16 ご迷惑をおかけしてすみません。 對不起，給您添麻煩了

17 遅れてすみません。 請原諒，我來晚了。

18 Ⓐ どうぞお入(はい)りください。

Ⓑ 遅(おそ)くなってしまってごめんなさい。

A: 請進。
B: 來晚了，真抱歉。

19 Ⓐ お待(ま)たせしてすみません。

Ⓑ₁ いいんですよ。

Ⓑ₂ どうぞ気(き)になさらないでください。

A：抱歉讓您久等了。
B1：沒關係。
B2：不要緊，別介意。

04 聞き返す／依頼する　反問／拜託

 反問

1 えっ、何ですか？
什麼？你說什麼？

2 いま、何と言いましたか。
你剛剛說什麼？

3 すみません、おっしゃることがよくわかりませんが。
對不起，我聽不清楚您說什麼。

4 もっとゆっくり話していただけますか。
能不能請您再說慢一點？

5 もう一度おっしゃってください。　　　請您再說一遍。

6 簡単な言葉で、もう一度言ってく

ださいませんか。
請您用簡單的話再說一遍。

7 この言葉はどういう意味ですか。
這個詞是什麼意思？

8 もう一度説明してもらえますか。
能不能請您再說明一次？

拜託

| 9 | お願いがあるんですが。 | 有件事想請你幫忙……。 |

| 10 | 窓を開けていただけますか。 | 請您把窗戶打開，好嗎？ |

| 11 | お手伝いいただけますか。
請您幫我一下好嗎？ |

| 12 | ちょっとおじゃましてもよろしいですか。
我可以打擾您一下嗎？ |

| 13 | 頼みたいことがあります。
我有件事想請你幫忙。 |

| 14 | もしご迷惑でなければ……。 | 要是不麻煩的話，……。 |

| 15 | やり方を教えてください。 | 請您告訴我怎麼做。 |

基本用語
----
04 聞き返す／依頼する

附録

245

05

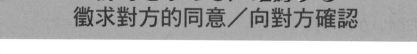

許可を求める／確認する
徵求對方的同意／向對方確認

 徵求對方的同意

1　いいですか。（よろしいでしょうか。）

可以嗎？

2　タバコを吸ってもいいですか。　　　我可以抽菸嗎？

3　テレビをつけてもかまいませんか。　　我可以開電視嗎？

4　窓を開けてもいいですか。　　　　我可以開窗戶嗎？

5　ここに座ってもいいですか。　　　我可以坐這兒嗎？

 確認

6　Ⓐ これでいいですか。

　　Ⓑ はい、けっこうです。

　　A：這就行了嗎？
　　B：這樣就可以了。

7　確かですか。　　　　　　　　　沒錯嗎？

8	それで全部ですか。	總共就那些嗎？
9	それは信用できますか。	那可以相信嗎？
10	何があったんですか。	發生了什麼事？
11	どうしたんですか。	怎麼了？（出了什麼事？）
12	何か問題があるんですか。	有什麼問題嗎？
13	何か困ったことでもあるんですか。 有什麼困難嗎？	
14	原因は何ですか。 原因是什麼？	
15	どうすればいいんですか。 我怎麼辦好呢？	

06 電話をかける　打電話

 國際電話

1 公衆電話^{こうしゅうでんわ}から国際電話^{こくさいでんわ}をかけたいんですが……。 ＊

我想要利用公共電話打國際電話……。

2 この電話^{でんわ}で国際電話^{こくさいでんわ}がかけられますか。

這個電話可以打國際電話嗎？

 市內電話

3 Ⓐ 黄^{こう}と申^{もう}します。吉田^{よしだ}さんはいらっしゃいますか。

Ⓑ 申^{もう}し訳^{わけ}ありませんが、ただいま留守^{るす}にしております。

Ⓐ じゃ、吉田^{よしだ}さんに電話^{でんわ}があったとお伝^{つだ}えいただけますか。

Ⓑ はい、わかりました。

Ⓐ ありがとうございました。

A：我姓黃，請問吉田先生在嗎？

B：不好意思，他現在不在。

A：可以請您轉告吉田先生我有打電話過來嗎？

B：好的，我知道了。

A：謝謝您。

 Note

＊從日本打電話回台灣，以「02-2365-9739」、「0935-123123123-456」為例：

1. 拿起話筒投入硬幣或插電話卡

2. 撥號。「001-886 – 2-2365-9739」（省略區域號碼「02」的「0」）；「001-886 – 935-123-456」（省略「0935」的「0」）。

248

市內電話

4	どうすればこの電話_{でんわ}で市内_{しない}にかけられますか。 請問要怎麼用這個電話打市區電話？	
5	電話_{でんわ}をお借_かりできますか。	可以借用一下電話嗎？
6	公衆電話_{こうしゅうでんわ}はどこですか。	請問哪裡有公共電話？
7	伝言_{でんごん}をお願_{ねが}いできますか。	我可以留言嗎？
8	後_{のち}ほどお電話_{でんわ}をいただけるよう、お伝_{つた}え願_{ねが}えますか。 可以請他等一下回我電話嗎？	
9	また電話_{でんわ}します。何時_{なんじ}に電話_{でんわ}すればよろしいでしょうか。 我過一會兒再打。請問幾點方便呢？	
10	内線_{ないせん}916番_{ばん}をお願_{ねが}いします。	請轉 916。
11	番号_{ばんごう}を間違_{まちが}えました。すみません。	我打錯電話了。對不起。
12	お電話_{でんわ}ありがとうございました。	謝謝您打電話給我。

國家圖書館出版品預行編目（CIP）資料

旅遊日語自由行（寂天雲隨身聽APP） / 葉平亭，田中綾子
著.－ 二版. －［臺北市］：寂天文化事業股份有限公司，
2024.04印刷
　 面；　 公分
彩圖版
ISBN 978-626-300-246-3（20k平裝）.

1.CST: 日語 2.CST: 旅遊 3.CST: 會話

803.188　　　　　　　　　　　　　　　113003944

旅遊日語自由行 彩圖新版

作者：葉平亭／田中綾子

審訂：張澤崇／田中綾子

編輯：黃月良

校對：洪玉樹

設計：游淑貞（YOYOYU）／游鈺純（Yu-Chun YU）

製程管理：洪巧玲

發行人：黃朝萍

出版者：寂天文化事業股份有限公司

電話：02-2365-9739

傳真：02-2365-9835

網址：www.icosmos.com.tw

讀者服務：onlineservice@icosmos.com.tw

Copyright © by Cosmos Culture Ltd.

版權所有 請勿翻印

出版日期：2024年4月 二版六刷　　 （寂天雲隨身聽APP版）

郵撥帳號：1998-6200 寂天文化事業股份有限公司

＊ 訂書金額未滿1000元，請外加運費100元。

（若有破損，請寄回更換，謝謝。）

日 本 の 旅
JAPAN TRAVEL